いぬのせなか座

上

橋

NO TEXT DUB

NO TEXT#2 2018/07/27
NO TEXT#3 2018/09/22
NO TEXT#4 2018/09/23

本書は、詩人・橘上の即興朗読公演「NO TEXT」で生まれた詩をもとに、松村翔子が新作戯曲、詩人の山田亮太・橘上が新作詩集を制作するプロジェクト『TEXT BY NO TEXT』の一冊として刊行されました。

装釘・本文レイアウト＝山本浩貴＋h（いぬのせなか座）
表紙使用作品＝ヨゼフ・チャペック『こいぬとこねこのおかしな話』1928年

目次

055
NO TEXT#3
2018/09/22

詩を書く人
動物病院
首の皮一枚でつながった地図
(初日の麦)茶の味
しりとり
戦争自体賛成詩
すごい、きいろ、すごい
主任のせい
雨という言葉
80年代のクロスワードパズル
シイタケ(OH!-MY YUDI-A!!)
手のひらを見る

101
NO TEXT#4
2018/09/23

はじまりはじまり
どっちの意味でおもしろい?
(This is not a)水を飲む男
下ネタfrom部下to上司(men's version)
戦争自体賛成詩(INOCENT MIX)
こんな普通の私
思う人はいる
Q&A
Truth said…
ちょっとずつお前がいらなくなっていく
motemath
黄色っぽく見える風
そうなる、ああなる
水のおわり、話のおわり
そうだ!茨木!
しりとり

No Text宣言

演劇や映画が総合芸術ならば、リーディングは根本芸術である

今、物事は様々なジャンルに細分化され、専門性は深まり、その質は高まっている。

しかしその一方で、他のジャンルへの無関心、共感できないものへの不寛容、無意識の排他性は強まってはいないだろうか？

その視野狭窄に陥りかねない現状に対して、映画や演劇は
様々な専門家と連携をとり、その総合性によってさまざまな視点を獲得してきた

では詩の朗読とは何か

テキストをただ読んでいるだけである。

それも書いた人が書いたものを読むという極めて素朴なありようだ

書くも読むも声を発することも誰しもがやることである

舞台に立つのは演技の専門家の俳優でもなければ、笑いの専門家の芸人でもなく、声の専門家の声優でもない。

ただの人だ。

上 橋

しかしその素朴なありようはありとあらゆる言葉と接続されうる可能性を秘めている。
日常会話、モノローグ、思索、思いつき、言葉遊び、常識、懐疑、
ありとあらゆる専門家も元をただせば、ただの人だ

ただの人がただ声を出す。ただの人に。
今ここで生まれた言葉をいまここで発す

知っている言葉も今初めて知ったように
知らない言葉もさも知っているかのように

僕と君は当たり前に違う
だからこそ

僕はここで言葉を発す
わからない僕に問いかけるように
わからない君にかたりかけるように

本書について

○本書は、プロジェクト『TEXT BY NO TEXT』の発端・基礎となった詩人・橘上の即興朗読公演「NO TEXT」3公演を、橘上自身がテキスト化し、山本浩貴＋h（いぬのせなか座）がレイアウトしたものです。同プロジェクトで新たに制作された松村翔子の戯曲、ならびに山田亮太・橘上の詩集は、実際の公演ならびに動画アーカイブ、そして本書収録のテキストをもとにしています。

○「NO TEXT」の動画アーカイブや公演概要は、本書152頁にてご覧いただけます。

○テキスト化は以下のルールのもと行なわれました。

・「NO TEXT」は全体で一公演、全体で一冊の詩集と考える。
・公演中、一つの詩が終わったと解釈したものに題をつけて一編の詩とした。
・テキスト中の時間表記は、もととなった動画アーカイブの再生時間を示している。

NO TEXT
DUB
NO TEXT#2 2018/07/27
NO TEXT#3 2018/09/22
NO TEXT#4 2018/09/23

NO TEXT#2

2018/07/27

あらかじめ決められた欲望

(5:47) **(足元にある黒い水筒を持って)** えー、ねぇ、いうて俺今のど乾いたから、飲むんだけど、**(水筒の水を飲む)** こういう場で飲むと、のど乾いてるから飲んでるのか、こう、なんか一種の演出的なものなのかわかんないよね、だから俺は結局、のど乾いてるから飲んでるだけなんだけど、それをどうとらえるかはあなた方次第なんで、この…この飲みたいっていう欲求、そしてこれを飲んだっていうこの時点で、これはぼくのものなんだけど、じゃあ俺が本当に飲みたかったかどうかっていうのはもう僕のものじゃないからね、ここに立っている時点でね。で、これ今ね、おんなじね水筒返してもらったの。で、水筒が**2**本あんの。だからだから、大抵水筒って**1**本じゃん？ 持ち歩くの。だけどね、なんかあのーやっぱね、**2**本。返してもらってよかった。結局水筒が**1**本だけだと、なんかその日**1**日、これを飲みきろうとして、こう**1**日を過ごしてしまう。だから、ホントはもっと、これぐらい飲みたかったって、あんのに、これが終わらないようにチビチビチビチビ飲んでしまうという、だから、いつの間にか自分の、水分を飲みたいって欲求が、これに

012

管理されちゃっているという。この水筒を持つことによって、この枠内に飲み物を飲もうとしてしまうというところがあって、だからもう、そういったことが、だから、これを手にした瞬間がなんか、自分の水分補給の欲求っていうもの…が…が…この自分の飲みたいって欲求が、もうこのサイズ感で終わっちゃうんだよね。**(7:21のタイミングで客の顔が映る)**ホントは、飲みたいって欲求は無限に、無尽蔵に飲みたいだけ飲むはずなのに、もう、この、ゾーンで、収まっちゃう。そんな感じのところはあるよね。だから、これでしかない。自分の飲みたい欲求、すごく支配されてる。だからあのーすごいちっちゃいんだけどー、逆に言うと、これぐらいの水筒だったのにどんどん増幅していくし、飲みたい欲求というか。飲み切ろうとしちゃって。だから、これっていうのはすごく恐ろしいよね。逆に言うと、管理されたいからこれ持ってるんだなって気もするんだよね。毎日**500ml**ちょうど飲もうとしてるのかなって気さえする。だから難しいよね。そのこの、図らずもブラックボックスで、中身ないって説もあるしね。**(足元に水筒を置く)**

(8:08)

013

NO TEXT#2　2018/07/27

8:27

手を、合わせようとする。いつも何気なく手を合わせようとしている。今、たった今、手を合わせようという、明確な意思を持って手を合わせようとしているのかもしれない。と、思ったのははじめてだ。何気なく手を合わせたんだけど、今、この瞬間から、この瞬間だけは、手を合わせようという明確な意思を持って手をあわせよう。そうなると、じゃあ、どの瞬間だろう？　自分が手を合わせようと思う瞬間と、自分が手を合わせる瞬間が一致するのか。手が合わさった瞬間が自分が手を合わせようとした瞬間だと言い張るのか。手を、合わせようと思う。その合間に、夏のことを考える。夏、暑い夏。ものすごく暑い夏。どんどん暑くなっていく夏。夏の気温が増せば増すほど、夏の気温が、増せば増すほど、夏の記憶が夏の気温に支配されていく。夏。暑い夏。暑い夏。暑い夏にレモン汁を垂らす。暑い夏は一瞬清涼感が、包まれる。暑い夏にレモン汁を垂らす。暑い夏にレモン汁を垂らす、その手。その手を。暑い夏にレモン汁を垂らす左手。暑い夏にレモン汁を垂らさない右手。その手を合わせる。その手を、合わせようとする瞬間を待っている。

い。もともと、僕は、僕のものじゃない。そのことを伝えるために、この、手を。なぜなら、この音は僕のもの、では、ないから。だから、僕のもの、僕は僕のものではないと伝えるためのものでもない。手を離す。**（手を離す）**手を叩く。**（手を叩く）**これは僕のもの。僕は僕のものじゃない。僕は僕のものじゃないまま、僕は僕の人生をいく。僕の人生じゃない。僕のものではない僕の人生をキチンといく。僕ではないけど、僕なんだ。僕なんだけど僕ではない。その二つを、平行線のように、時々、平行線のように沿わせながら、時々、何かを間違え交錯して、また離れて、平行するものに、新たに間違え交錯して、その瞬間、僕は僕であって僕ではない。僕は僕だけのものではない。その瞬間、手を合わせる**（手を叩く）**。離れることが、僕としての僕の、交錯する瞬間**（手を叩く）**。手が。この音は僕のものではない。ずっと、僕のものではない。僕は、僕のものではないものを、手にしている。瞬間。しかし、その後、僕は、僕のものではないものを、解き放つ。

(13:11)

しかし、その瞬間を決めるのは自分。しかし、その瞬間がいつ起こるか話さない。**（開いた右手と左手の距離を縮めていく）**手を合わせる。手を合わせる。手を合わせる。手を合わせる。手を合わせる。手を合わせる。**（手を合わせる）**手を合わす今の差と。**（開いた右手と左手の距離を縮めていく）**手を離す。手を合わせる。手を合わせる。手を合わせない。**（空振り）**手を合わせなかった今の差。手を合わせても手を合わせなくても、変わるものがあるのか。変わんないものか。手を合わせたから変わった。手を合わせないから変わらなかった。それはそれとそして変わっていくものだ。手を合わせる。秋のことは考えない。夏のことを考える。夏の中で、夏のことを考える。夏だから夏のことを考えさせられている。夏だから冬のことを考える。夏だから冬のことを考えさせられている。夏だから。手を合わせる。何も考えない。何もできない。なんていうことを、言いたかった人も、いた、ような、気がする。気がしない。手を合わせる。手を合わせない。手が離れる。手が離れない。**（両手を離す）**どの手も、僕のものにはならない。僕の手だけど、僕の手が僕のものになったことはない。**（開いた右手と左手の距離を縮めていく）**手を合わせない。手を離す。手が合う。**（手が合う）**手を叩く。**（手を二回叩く）**この音は僕から発した音。だけど僕のものじゃない。僕のものじゃないものを僕から発したという。手を、叩く。**（手を叩く）**もう僕のものじゃない。

016

(13:13)

あのー、なんかあのー、「翼をください」、あと「風になりたい」とかいう曲ありますよね？ 「翼をください」「風になりたい」とかね。…なりたいすかね？風にね。なりたいかな？風に？だって風になったってね、フッて終りじゃん。なりたいかな？風にね？だからこれもう、これさ、神様ーにさ、「じゃあ風にーしてやろうか？」って言われて、なんか歌ってるヤツでホントに風になりたいヤツがいるのかねえ？　風になったてね、終りじゃん。翼をくださいっつってもね、「ああ、いいよ、じゃああげますよ」って言われて、バッてさ、血みどろの翼もらってもねぇ、困るもんねえ。ほしい？翼？なりたいの？風に？フッとなって。や、だからさ、ねえ、ウソじゃん、ねぇ。いや、ウソ言うなってことじゃないよ。ウソ言うなって、や、俺も全然ウソ言うから、俺別に言えばいいんだけどさ、や、ウソだったとしてさ、ウソだったとして、じゃ、あの、風にーなりーたいーってやんの、感情こめてるアレなの？ウソなんでしょ、だって。風になりたく…風になりたくないのに「風になりたい」って感情こめて、うたうアレなの？ウソじゃん。だから、ウソだよ、ウソだ

017

NO TEXT#2　2018/07/27

よ、風になりたくないよ、風になりたくないよ、かぜにーなりーたぁーいーって、どういうこと？どうなってるの？あの、風になりたいと感情をこめてうたう時の感情どこから来た？だってなりたくないよね？風になりたいヤツを、俺が、俺が神だとして、俺が仮に神だとしてよ、俺が仮に神だとしてよ、かぜにーなりーたぁーいーって言ってるヤツ全員、風にしたら、すげぇクレーム来ると思うんだよね。神だけどクレーム来ると思うんだよね。だとしたらウソじゃん。ウソなんだけど、感情込めるってアレ、何？どこから？どっからよ？「風になりたい」でも風になりたくないんでしょ。ッアレッ、つっつっつ、どういうことなん？あっ、悪いヤツってこと？もう神様ぁーとか信じて…神様なんて…ぜっ、「神なんて、いねぇ。神は死んだ。だから、絶対、絶っっ対、もう、もう言ってないから。風になりたいってうたってないから。ダイジョブダイジョブ。神いねぇから。ダーイジョブダイジョブ。ぜぇってぇー、ぜぇってぇー風になんねぇから大丈夫。ぜってー風になんかならないから大丈夫。」「大丈夫スか？神いるんじゃないスか？神はいて、神聞いたら…」「ダイジョブダイジョブ。神なんかいねぇ。いねぇ。大丈夫。も、もう思い切ってうたいあげちゃって大丈夫だから。」「え？ホント？ホントッスかねぇ？あー、ホント歌いあげて、神聞いて、願いだと思われたらどうします？」ダイジョブダイジョブ。神なんかいねぇから。ねぇ。風になりたいってうたっちゃっ

018

ていいから。」…だ、ホント、つば…、叶わないと、風になりたい、翼がほしいっていう願いが叶わないと思ってるから、ガチでうたえてるもんね。叶うかもって思ったらうたえないもんね。アレ?うたっちゃったら、もしかして、これ風になっちゃうのかな?アタシって思ったらうたえないもんね。だからもう、ハナから信じてないんだよね。だからもう、風になりたいって言ってるやつはニヒリストの極みだよね。「叶うのかな。叶うわけねぇんだ。風になることはねぇからな。大丈夫だって。」もしかして、ね、風に、風になりたい、風になりたいもわかんないけどね。たぶん、これで終わりだもんね。「これ」以後の風を全部俺とするなら意味わかるけど。どこをどう? 「千の風になって」もよくわかんないよね。千の風ってなんだろう?あの…「はい、**1**,**2**,**3**,**4**,**5**,**6**…ハイ**998**,**999**,**1000**ハイ!終わり!次の方。はい、**1**,**2**,**3**,**4**,**5**,**6**,**7**,**8**…ハイ**998**,**999**,**1000**!終わり!」そういうアレなの?ちょうど**1000**。そんなアレなの?そんななんだろ?でも「千の風になって」は、死んだ後だからまだなんとかなんじゃん。「風になりたい」は生きてるヤツだからね。風にね、そんななりたいか?んともう、なんでそんな、思ってもないこと、なんでそんなに言うんだろうな、恐ろしいよ。

(17:32)

019

NO TEXT#2　2018/07/27

(17:34)

この前、あの仕事で、あのー仕事がちょっとあの、本関係の仕事をしてるんですけど。あのー何？職場体験。職場体験の中学生がー、受け入れたんですね。で、まぁ、二日間あって。で、最終日、中学生に、ま、ウチのね、部長が、まぁ、「職場体験してみてどうでしたかー」って聞くわけですね。で、**1**人…**2**人いたんですね、**1**人、で**1**人は「あ、なんかすごい、チャレンジできましたー」って。「おおー」って。で、もう**1**人が、「…やぁ…すごい、苦しい時間、で、泣きたくなるような、こともあっ、たし、かえってるのは、このまま終わっちまうのかなって思ってたんだけど、なんか、それでも、少しでも光り輝くもののかけら、探して、やっていこうと思って、そのかけら見つかったわけじゃないんだけど、でも、そのかけらのようなものがあるような、気がするという、そんな、確信ではまだないんですけど、でも、そのようなもののうごめきを、感じて、るところまではいけました」みたいなことを言って。っと、や、お前本並べてただけじゃん。本、本並べてただけじゃん。そんなつらいこともないし。な、そういう人、その後…「この経験は一生の宝物に…」や、そんなもん宝物にすんなって。たかが本並べただけのことを宝物にすんなよ。ね。お前ホント自分の宝大事にしろよ。たかが本並べてただけを自分の宝にすんなよ。あぶねぇよ。本並べてただけじゃん。で、聞いてる、もう、部長もなんか、失笑というか「はぁ?」みたいになって。でもさ、考えてみたら、大人が悪いじゃん。だって、もう、だって、そのさ、中学生からしたらさ、もう「アンタ方大人なんてもんは、どうせ一生懸命な中学生好きでしょ。感動してる中学生好きでしょ」って、合わせていったワケじゃん。もぉ、そんな。それで言ったら例えば、**50**代のヤツってのはさ、わかんないけどさ、全然スポ根の感動路線みたいなおっさんもいればさ、なんか現代口語みたいなさ、ダルい感じのおっさんもいるわけじゃん。ギャンブルじゃん。中学生がおっさんに寄せた発言をした時にさ、スポ根によせるか現代口語に寄せるか、けっこうギャンブルじゃん。スポ根に寄せたのが現代口語のおっさんだったらなんかスベったみたいなことになるからさ、その、**50**代のおっさんが二分化してるのが悪いなって思って。で、そう思って、作業してたの、そんとき俺、なんか本をこの辺に置いて作業してて、で、ね、「一生の宝物に…」ぐらいから、「ん?」って思って。パッと見たらね、そしたらその中学生が、けっこうなんか…幕末の志士みたいな顔してたワケ。なんか久坂玄瑞みたいな顔してて。「コイツ、マジなんじゃねぇか」って思って。「え?お前、マジで一生の宝物にすんじゃねぇ

021

NO TEXT#2　2018/07/27

か」って思って。「怖っ!」って。で、「今日の日をじ…絶対忘れません。もちろんこのみんなも」って。…や、俺が本を直してるとことか全然覚えないでほしいなって思って。暴力じゃん、一生覚えるのって。暴力じゃん。だって、俺ただ本を並べてるだけだよ。俺の本を並べてるところを覚えててほしくねぇもん。道で歩いてる時さ、「あの時、本並べてましたよね」とか、俺困るもん。一生覚えんのやめてくれよ、お前。お前さー、中学生なんだからさーなんかさー、もうさー、もうさー、もう、会社でた瞬間さ、「だるかったなぁあのハゲっ」とか言っとけよ。俺の悪口とかも言っちゃっていいよ。「あーだるかったよもう。なんだアイツ」みたいなさ。何をお前さー、真面目に仕事してさー、それをよーお前、一生の宝物にしてー、一生覚えようとしてんな、お前。中学生らしくないぞ、お前。もっと中学生らしくよー、「なんかもうおっさんくせぇな」、とか言えよ、お前。何一生覚えようとしてんだよ、怖ぇよ、一生覚えんのよ。やめろ、一生覚えんの!なんか、俺、あの時、俺が何着てたか、お前、俺は覚えてないけど、お前覚えてんのか。怖ぇえ。だから、何の気なしに着ていた俺のポロシャツの柄とか覚えてんじゃないだろうな。一生覚えんなよ。一生、覚えんな。一生覚えるのは暴力だよ。お前。やじゃん。なんか、なんか俺がこんなんやってたら、この回数とか覚えられたら、何もできないよ。何も別に、何も悪いことしてなくても、一生、一生覚えられたら、オチオチとお前、尻もかけないからな。一生覚えんなよな、お前。ホント怖ぇなって思って。だから、考えられる理由としてはまぁアレでしょ？**（22:22 客の顔が映る。）**その、中学生が、おっさんの喜ぶような感動路線の発言をして、ま、スベった説。と、ソイツがマジで一生覚える説、と、もう一個なんだろうな。なんかわかんないけど、でも、そのさ、ガチで一生覚、え、る、やつの演技がめちゃくちゃうまかった。なんか演技の天才。久坂玄瑞の演技の天才だったんじゃねぇの、アイツ。でも演技の天才だった割りに、あのなんか、場を読む空気がなかった。…アイツ一生覚えんのかな。一生覚えるって初めて会ったな。怖いなぁ。…なぁ…

（23:02）

Hi-Hi Pan-Cake

(23:10)

あっ…あ…あ・あ・あっ…あっ、あ、あ、あっ…あっ・あ、あ？…あ、あ？…あ、あ、あ・あ、あ…あ・あっ・あ・あっ…パンケーキ、あっ、パンケーキ、あっ、パンケーキ、あっ…パンケーキ、ハイ…パンケーキ、くれます、わたしは、パンケーキ、ハイ…パンケーキ、食べます、食べます、今じゃないです…食、食べること、あります、ハイ、パンケーキ…パンケーキですか？食べます…今度、一緒に、パンケーキ？ハイ…パンケーキ、わたし、食べます、ハイ。一緒に、パンケーキ、行きます？あ、一緒じゃないです、パンケーキ…パンケーキ、パンケーキ一緒じゃないです…わたし、パンケーキ一緒じゃないですけど、パンケーキ日曜日、行きます、ハイ。パンケーキ行きます。連れて行ってくれる？うん？連れて行っ…ま、パンケーキ、ハイ、行きます。行きますか？パンケーキ？自分に懸けて行きます、ハイ。パンケーキ。あっ、パンケーキ。これ、あ、ハイ。これ、パンケーキ？ハ、ハイ。知、知ってます。わたし、パンケーキ知ってます。ハイ、これ、食べた、こと、あります。ハイ、パンケーキ、ハイ、パンケーキ、ハイ。わたし、パン、ケーキ、食べ、ます、ハイ。パンケーキ、これ、パンケーキ、ハイ。パンケーキ、パン、ケーキ、食べ、ます、ハイ。パンケーキ、これ、パンケーキ。パン、ケーキ、を、食べ、る？前の、わたし、です、ハイ。パンケーキ、これ。ハイ、ハイ、これ、パンケーキ。ハイ、ハ、ハイ、これ、これ、窓、ハイ、これ、窓、これ、窓、パンケーキ、パンケーキ、窓、空気、パンケーキ、ハイ、わたし。パンケーキ、ハイ、わたし、ハ、ハイ、ハ、ハ、あ、パンケーキもらった？パンケーキない、あ、あ、パンケーキない？あ、あ、パン、ケーキ、ない？あ、パン、ハイ、これが、パンケーキなるわたし、あ、ハイ、パンケーキ、あ、パンケーキ、あ、あ、あ、あっ**2**個目のパンケーキが、あ、来た、あ、**2**個目のパンケーキを、前にした、わたし、あっ、**2**個目のパン、ケーキを、前にしたわたし、ハイこれ窓、あ、空気、ハイこれ**2**個目のパンケーキ、ハイこれ**2**個目のパンケーキを前にしたわたし、の横にいるあなたです、ハイ、あ、あ、あ、パンケーキ、あ、**2**個目のパンケーキあって、い、が、あ、あ、あ、**2**個目のパンケーキまだここ、あ、**2**個目のパンケーキ、まだここにあ、パンケーキ、あ、あ、パンケーキ、パンケーキが、あ、ある、ある、パンケーキ、あることを、知っている、わたし。あ、パンケーキ、パンケーキ。パンケーキ、と、言いながら、パンケーキ、と、言いながら、ココナッツ、サブレのことを考え、ている、わたし、ではありません。パンケーキ、パンケーキ、の、ことを考えながら、お好み焼き、のことを考えている、わたしでは、ありません。パンケーキの、ことを考えながら、**GHQ**の独裁について考えているわたしでは、ありません。**G**、**HQ**の独裁について考、あっ、**GHQ**、ハイこれ**GHQ**、ハイ**GHQ**、やってくる、**GHQ**、**GHQ**、**GHQ**、パンケーキを食べる**GHQ**、を知っているわたし、パンケーキを食べる**GHQ**についてしゃべる、わたし、ハッ、**GHQ**、ハイ、**GHQ**、**GHQ**、**GHQ**からの**KGB**、**GHQ**と**KGB**とパンケーキ、同じ、**GHQ**と**KGB**とパンケーキ、お・な・じ、っていうことを知らないわたし、っていうことを知っているあなた、と、横にいる空気、そしてそれは窓です、あっ窓、あっ窓、あっあれは窓、こんにちは窓、あ、窓、キ・レ・イな窓、生まれましたね、ま・ど・で・す・か、あ・な・た・は・ま・ど・で・はあります、でもそれは窓です、あ・な・た・は・**GHQ**、パンケーキ、**KGB**、**KGB**からの、**KGB**、あっ、雨は、**KGB**にだけあたるけど、**GHQ**にはあたらない、なぜなら、**GHQ**は傘を持っていて、**KGB**は傘を持っていな、いから、だ、ハイ、わたし、傘入れ、では、ありません、そこは、傘入れです、**GHQ**には傘をお、落とされたけど、**KGB**には傘を持たない傘をさす、あっ **KGB**、**KGB**、**KGB**は、パンケーキを、食・べ・な・い・けど、**KGB**なのにパンケーキがたまって、いく、これは、**108**個目の…パンケーキ、**KGB**、**108**個のパンケーキを、前に、**1**個も食べない、さすが**KGB**、強い、鉄の、意志を、持った、**KGB**、さすが、**KGB**、ある、はじっこの、パンケーキを、つまめても、パンケーキを、食・べ・な・

い、それを見ているGHQ…の中の、1人、が好きな、わ・た・し、でも、その、好きは、性的な意味ではなく、男友達として、一緒にやっていけたら、いいかな、という気持ちを持った、KGB、ではなく、GHQを好きな、わ・た・し。でも、そのGHQの人が、映画の誘い方がうまかった。ちょっと豆乳飲んでるかな？（慣れてるかな）という気持ちもある。KGB、あっ、じゃなくてGHQの、中の、一人が、好きな、わたしです、でも、GHQの、わたしの、好きじゃ、ない人の、映画を誘ってきたから、こ・ま・りました。だけど、誘ってくれたのは完璧、だから、今、ここに、いる、あっ GHQ、GHQとパンケーキ、パっパンケーキを食べるGHQ、見・な・が・ら、僕は、わたしは、なんだ、それは、GHQ、KGB、GHQの無理もKGB、空気、あっこれは空気、空気の中のKGB、空気の中、空気は、GHQ、KGB、どちらでもない、GHQもKGBも、空気を吸う、ことを、知っ・て・い・る、という、空気を読む、わたし、では、あ・り・ま・せ・ん。今度、わたしには、弟が、生まれません、わたしには、弟が、生まれません、いつも、弟が、生まれません、弟が、生まれてほしい、と思ったことは、な・い・で・す、弟は、生まれ、なくても、いる…というか、弟、わたし、好きです、弟、いなくても、好きです、生まれてなくても、弟、好きです、存在、しなくても、弟、好きです、だから、弟が、生まれる、とか、生まれない、とか、は、大した、問題、では、ありません、わたしは、ただ、弟が、好きです、生まれ、なくても、弟が、好きです、仮に**KGB**、でも、弟が、好きです、**KGB**、でなくとも、弟が好きです、**KGB**でなく、弟でもなく、ただの人、それが**GHQ**、わたしにとって**GHQ**はただの人、**GHQ**はただの人、わたしも、ただの人、じゃんけんぽん、しますか？しませんか？その、じゃんけんの勝敗は、戦争の責任と関係ありますか？戦争責任と関係ある、じゃんけん、と、関係ないじゃんけん、**2**回しますか？戦争責任と関係のあるじゃんけんと、戦争責任と関係のないじゃんけん、**2**回しますか？でも**3**回にしますか？ **3**回戦？ **3**回戦の審判は**KGB**、**KGB**と弟は関係ない、存在しない**KGB**と存在している弟、どちらでもいいですけど、**KGB**が存在しているのは、知っていますしー、い・ま・せ・んー、すごろくをやりますか？すごろくをやりませんか？やりませんか？やります？**KGB**、**GHQ**、**EHI**…**EHI**？ **(28:55)**

Talk to EHI

(28:56)…EHI? EHI?…おい、ぉおい、やってる? EHI。あーぁん…EHIさぁ、何?何してんのEHI?…え?ホント?あぁーあんあぁぁー、ん…不況だしねぇー、そぉ…ん…そっか、まー不況の時にも、そういう感じっていうのが、EHIらしさ?…ん、ま、ね、っつってもな、多分、二回目だけどな、あーぁーんー、最近はしてないんだ、んー、あーー、そうそうそう、あーハイハイ、んー、オッケオッケオッケオッケ、んー、ハイハイハイハイ、あーなるほどね、あーなるほどね、あーわかるわかる、んーホイホイホイ…牛置き場?…あ?あ、はい、はい…あーハイハイハイハイ、あーハイハイハイハイ…ッスゥ、ん、なるほどなるほどなるほど、確かに…三角定規を?その角度で?…あーい、あっ?あーっあっ、ハイっハイっ、ハイハイハイハイハイハ

イハイハイ、…ソース、味の円盤を、影に置いてからの?…ああーっハイハイハイハァイあぃあぃ、…水の味が本当にわかるんだ、と…あぁーい、いーぃー、ウイー、ウ、ウイー、あぁー、ハイハイハイハイハイハイ…**B**面の方の低所得者に?…あーハイ、ハイ、あぁー、おーおーおおおぉおー…ニュートンだからこそ?…ハイハイハイハイハイハイハイハイ…あぉぉぉぉおお…ガリレオ・ガリレイだけれども?…あぁーハイハイハイハイ…源義経じゃなく?く?くっ…源義経?あ、源義経。んー、あっハイハイハイハイ…、ん、これぐらい?あー…に?ハムをはさんで?トマトをのせて?チーズをはさんで?ソースをかけて?ポツダム宣言!あ、あーハイハイ、なんか**GHQ**がらみ?あ、違うの?ほー、**EHI**か?おかしいな。おかしい、おかしい、**EHI**。…ね。あー…何?…そういうところが、ほんとに、コレ、ま、そうスね。すぅー、あー、ちょっとねぇー、あーそっかー。なるほどねー…木製だからー、木のぬくもりがあると考えるのはー、時期尚早…だけど期日は**9**月だから、そろそろ動き出さなきゃいけないー、のかぁーねぇーそん、それ困るぅーはぁいはいはぁーはいあーあーぁーあーあー、あーあぃ…強く…だぁ、だ、な?…ホント、だから…強く生きろよ……**(32:50)**……

外山田が来る！

……ウッス……あぃ、いこうか？……あ、おもしろい人来る？外山田？外山田？

(32:53) 外山田たかふみ？フシッ…あの、**2**人じゃないの？外山田たかふみって人？知らないよ。どんな顔してんの？あっ写メある？…気持ち悪っ。気持ち悪っ。何これ？気持ち、悪っ。これ外山田の顔なん？気持ち悪っ。何この髪型？うぇーえー何これ？やーこれ、アシンメトリーなのかなこれ。気持ち悪りーなーこれ。なんなんだよなーこれー。気持ち悪りーなー。え？何これ？どうなっ…すげぇ気持ち悪ぃ。うわっ。この顔のさ、何？何企んでんの？っていうさ。えーで、何このスニーカーさ、**adidas**のアレか？ハァーン。…いや**adidas**のさ、なんか気持ち悪ぃな、**adidas**にあっても。気持ち悪ぃスニーカー履いてるし、この気持ち悪ぃスニーカーチョイスする発想も気持ち悪ぃよ。ぜってー右翼だろ、こいつ。ヤベ、気持ち悪ぃ。うわー気持ち悪っ。だから、どんな考えで写真に写ってんじゃん？おぃー気持ち悪ぃぐらいの感じでいこうとしてんな、あー気持ち悪ぃ、おー気持ち悪ぃ、だからさ、なんか、わかるよ、ねちゃねちゃしてないのはわかるよ、ねちゃねちゃしてないのはわかるんだけど、ねちゃねちゃしてる感じがする。こいつ、気持ち悪ぃーからな、ねちゃねちゃしてる感じがする。気持ち悪っ、おー気持ち悪っ。マージで。ぜってー左翼だよ。うわっ気持ち悪、気持ち悪っ。あーでも、**T**シャツはいいな。**T**シャツはいい、**T**シャツいい。**T**シャツは。**T**シャツは。だから、同じ**T**シャツをいいと思う感性を持ってて、その**T**シャツを手に入れなかった俺。手に入れることができた彼。その一点において、俺は負けているということを認める。認められるけど。あーん、ッツまぁねまーね、あっ、でも**T**シャツ似合ってんなぁ。あ、**T**シャツ、あ…いいじゃん。あ、いいじゃない素、着てんの。外見。いいじゃない外見。ほ…あーあ、けっこう、意志強そうな顔してんな。案外…案外ね、災害時、こういうヤツが、けっこう冷静な判断とか、あぁ、しそう。いいわ。あぁーいぃー。オゥケー。なーんだ。おぉい、野球で言ったら、ピッチャーもキャッチャーもできんな。ショートストッ…なんでもできんな。いいな外山田これ。いいわ。こーれいいぞ、外山田。あ、ヤバイ。なーんだよなぁ。なんだ、こう一緒に外山田ん家いって、こう冷蔵庫開けて、なんか冷蔵庫な

032

んもなくても、そこに外山田がいるだけでもおもしろそうだわ。いいっ、外山田。なんかいいよ。なんだよな、なんかそばにいるだけで体感温度が2℃ぐらい下がりそうだ。いい。これ、いい、外山田。これいい。…いいねぇ。外山田これ。…今日来んの？ホント？え？マジで。いいなぁ、外山田。来んのかぁ。早く呼べよ外山田をよー、お前。外山田を呼べよ、早く呼べよ。っとーお前。っとー。この時間がいいもの。外山田を待っているこの時間がもう、いーもん。外山田をいい、なんだよお前、いいじゃんか。どんだけいいヤツなのかなぁ。すごいよ。待ってるだけでいいもん、外山田をよー。ヤバイなー外山田。だから、なんだぁ？こんだけ人を待ち遠しいと思ったことねぇよ。…うわぁ…あと10分？おぉーあと10分で外山田来んのかぁ、うわぁーよ、外山田あと10分で来んの？こーわ、こわ、外山田あと10分で来んの？こーわいわ、これ。あーヤバイなぁ、どうにかなっちゃうよ、これ、外山田これ。…や、でも、期待値だけ高まりすぎて…怖い。こんだけ人に焦がれたことがなくて、そんだけ、これ以上がないぐらいの奴が今、来ようとしているのがもう、楽し過ぎて、怖い。自分がおかしくなりそう外山田どうしていいかわからない。怖い。外山田怖い。帰る。さ、これ以上ない外山田と会ったら、もう俺が、待ち焦がれるというもののゲージが壊れる、帰る。今回は帰る。ごめん。だから、外山田に会うのは次回。ただ、その次回を待ち焦がれている。ううん、はい。…2人によろしく。ハイ。

(38:03)

033

NO TEXT#2　2018/07/27

(38:09)

…あぁ、ぅまいなぁ…あぁ、うまい、あぁ…………………この角度な、これ、この角度な、まぁな、この角度な…うぅん?…ううーん…ううーん、この辺のがすごくこうしてる、それな、そういうのあるよな、そういうのがなきゃなー、どーいうのなんだろーなー…ぅん…すぅーっすぅっ

(38:54)

麦畑という言葉

(38:57) 初めて麦畑に行ったのはおそらく**3**歳の頃で、だけど、あれが麦畑だとわかったうえで、麦畑に行ったのは、**9**歳の頃で、で、麦畑という単語を初めて知ったのは**7**歳の頃で、以来、目の前を麦畑が通ると、麦畑という感じはしなくて、なんか、麦畑という言葉だけを知っていて、麦畑の前を横切るというのが、まぁ要するに**2**年ぐらいあって、つまり麦畑という言葉と、いま麦畑っていうそのものが、別々にあって、その麦畑、を見ながら、麦畑っていう言葉を発したこともあったはずなんだけど、だけど、麦畑を見ながら、麦畑という言葉と合致しなくて、それが合致したのは**9**歳の時で、だから、僕は、麦畑っていう言葉と麦畑っていうのを**2**つそれぞれに把握していて、あぁ、そん時の思いはわからないけど、なんとなく、目の前の情景と、言葉が別個にしてあるっていうところと、これは麦畑っていうことにして、で、そういうのにしたんだけど、なんかそういう麦畑みたいなそういう状況ってなかなかなくて、だから、麦畑っていう、だから、目の前にある、その麦畑っていうのが別個に存在してるっていうのを感じながら、生きる時間ってのは、やっぱり麦畑しかなくて、だから、僕にとっての麦畑っていうのは、まぁ麦畑、だけ、だった。麦畑のことを、何回か口にするたびに、何か思うことがあるのかなって思って、麦畑、麦畑って言ってるんだけど、麦畑って言ってるって言うより、つまり、初めて麦畑っていう言葉を知って、だけど目の前の麦畑っていうのを、麦畑って言葉で言うのを知らずに、その時麦畑、麦畑って言っても、やはり、麦畑って言うのと、麦畑って言うことでしかなくて、ああ麦畑は麦畑という言葉としてしか存在しなくて、ただそん時、麦畑っていう言葉は、すごくツヤツヤしていて、ただ、その、9歳の時、目の前の麦畑が、麦畑と合致してから、麦畑って言ったときに、麦畑しか言えなくなっていて、ああ、なんか、それはそれで、ちょっとした反論っていうか、そういった反論もあったんだけど、でも麦畑が麦畑という言葉として存在するあのツヤツヤした感じっていうのは失われてって、もう失われたことは、なんか、残念っていうわけでもないんだけど、とにかく麦畑っていう内外のものと、麦畑っていう言葉は、同時に存在していたっていうのがあるから、少しはそのことに対する残念さっていうのはあって、そのこと

036

を、なんか成長って言うヤツがいるとしたら、俺はソイツを絶対信用しないっていうのがあって、だけど、そんなヤツは現れなくて、だから、なんか、信用しないっていう。

(42:06)

037

NO TEXT#2　2018/07/27

(42:07) 絶対信用できないっていうヤツをぼくは見つけることができないっていうことがすごく残念で、やっぱり絶対信用できないぞっていうヤツが1人ぐらいいた方が、成長できるんじゃないかな?っていう気持ちもある、かな?っていうのはある。で、歴史を紐といて、アドルフ・ヒトラー絶対信用できないぞっていうのはなんか違くて、だって、アドルフ・ヒトラーは、今、ここにいなくて、だってそれ、結果論じゃん?信用とか信用とかじゃなくて、だってそれ、結果論じゃん?だから、なんだろう、今、ここに、というか、僕は、このまま、アドルフ・ヒトラーの教科書を、読む前に、ドイツに行って、あの時のアドルフ・ヒトラーを信用できないと思うか思わないかという話になるんだけど、でも、そんなことはどうでもよくて、だから、とにかく、信用できないってヤツをずっと今探していて、ただ、鏡を見て、そんな自分が絶対信用できないぞっていう言い方はしたくなくて、ていうか、俺わりに自分のことが好きなだけなのかもしれないけど、ベタに、わりに自分を信用しているから、そういうことはなくて、変だけど、絶対信用できないぞっていうヤツが1人ぐらいほしいなぁって気持ちが、すごく、ある。それを持ちながら、僕は、今、きみを、好きなんだけれども、ただ、だから何が言いたいかっていうと、絶対信用できない自分にも、人に渡したくない自分にも、君は信用できるか?っていう話なんだよね。つまり、絶対信用できない僕っていう感覚を持ってない僕が、今、君を好きで、変な話、君を信用しようとしているんだけれども、信用できないっていう感覚を持ってない人間のいう信用って、すごく軽くないですか?っていうことを、まぁそんなこと言わなくてもいいんだけれども、なんか言ってしまったので、信用できない自分が1人もいなかった僕が、すごく君を好きで、いわゆる信用できないっていう感覚を持ったことのない人間が持つ信用だから、すごく軽いんだけど、でも、そのなけなしの信用っていうものを、いま、君に捧げたいっていうワケで、だからどうですかっていうワケでもなくて、だから僕を信用してほしいんだけど、信用できない人って、今まであったことありますか?信用できない人っていうのは、どんなカタチをしていましたか?どんな匂いをしていますか?信用できない人って。信用できない人との会話で、信用できる瞬間ってのはあったのでしょうか?信用できる瞬間がなまじにあるから、信用できない人は信用できないのか、信用できる瞬間が1個もないから、信用できない人なのかっていうのが、それはすごく僕は知りたくて、ああ、でも、うっすら信用できないっかなーぐらいの人はいるんだけど、やっぱりうっすら信用できないっかなーってのは、信用できないって言葉としてすごく軽いから、だからそんな信用、まぁ、わかるか信用って言葉を知ってるか知らないんだけど、信用できない人とどこまで行きたいですか?…僕は絶対信用できない人ってのは会ったこともないんだけど、絶対信用できない人とは、どこに行きたいって言ったら、そうだな、なんかスーパーの屋上の遊園地に行きたいです。絶対信用できない人とスーパーの屋上にある遊園地に行って、なんか、このままなんかせまーい、なんか、ちっちゃーいパンダのぬいぐるみとか乗ってみたいですね。なんか、絶対信用できない人とそういうの乗るってなんかすごく、いい気がする。いいような気がする。絶対信用できないんだなぁーって。パンダのぬいぐるみ乗って、ゆっくり、ゆっくーり歩いて行って、ゆーっくり、ゆーっくり歩いて行って、パッと見ると、あ、信用できない人がいるなぁ。あー信用できない人、あんな風にパンダの上に乗るんだなぁって思って。それを、思いながら、ゆっくり、ゆっくり歩いて行ったときに、すごく、なんか、信用できない人との日々になってて、自分の中で確かなものとして残そうとかそういうのがなんか、それ、そんな感じがする。信用できない人と、会う、とかよりは。信用できない人と、パンダの上でゆっくりゆっくりいたくて。あ!うん、君ともしたいよ。君ともしたい。君ともしたいんだけど、君とは他のことがしたい。だから、何が言いたいかって言うと、俺が考える、信用できない人って、そんな感じのことで、だけど、そんな、感じの僕の、なけなしの信用っていうのを、君に、向けたいっていう。ただそれだけのことなんだけど。どう？ ああ。つまり、だから、何ていうか、ああ、だから、その、ああ、君がこどもを好きじゃないことは知ってるよ。あのぉ、見ててもわかるし、話としても聞いたし、で、君がこどもを好きじゃないことを僕は知っていて、だけど君、こどもが来ると笑うじゃん？すごく笑うじゃんか。あの、こどもが好きじゃないけど笑ってんなぁって思って、で、皮肉じゃなくて、こどもが好きじゃないけど、こどもを目の前にして笑うのを見て、なんかすごくいいなぁって、すごくいいなぁって、もう、すごく好きだなぁって思う。こどもが好きじゃないけど、好きじゃないこどもに対して笑う君がすごく好きだなって思って、で、こどもが好きじゃないけど笑う君が好きなのかなぁって思ったんだけど、要するに君が好きなんだけど、ま、そういうことで、で、要するにこどもが好きじゃないのに笑う君を僕は信用しているわけで、だから、何が言いたいかっていうと、そういったことなんだけど、あん、ああ、ふぅん、ああ、そお？それは…うん、それは…うん…うん、そう…それで、そおいうことで…うん…で？君は？そんな風に、思うのは、何でかっていうと、**10**年前の、ことが、あって、だけどそんな**10**年前のことがあったならどうなのかってことが、今からね、信用できない。そんな自分にとっては凄く、影響があることなんだけど、影響がありすぎて、なんか、ウソみたいに感じる。影響がありすぎることがやたらロマンチックに感じられちゃって、自分で美化してんじゃないか、なんか虚言癖なんじゃないか、自分が自分にウソついてるんじゃないかって気さえする。ああ、そういったことを聞いても僕は君が好きだし、そういったことを聞いても僕は君に対しての気持ちは変わらないし、とにかく、まぁ、別に、無理くり、こどもが好きじゃないのに僕の目の前でこどもが好きじゃないけど笑ったりとかしなくていいんだけど、まぁ、そういうことだね。…あ、こどもが来たね。…あ、今は笑っていいんだね。あ、今は。そっか。そういうことね。だから、まぁ、いいよ。…レモンティー来るの遅いね。…もう、10分ぐらいだよね。…頼み忘れたのかな?レモンティーを頼んだ時の記憶にもう、信用ができないよね。でもわかんないよね。レモンティー頼んだら、普通、伝票に書くはずなんだけど、もう伝票のこともわかんないし、まぁ、信用ができないんじゃないかね、でも、この時間すごく信用ができない時間かもしれないけど、もう信用ができない時間があるからこそ、信用ができることもあるのかもしれないし、まぁ、そういったことで。うん、で?そう、そういったことで。わかる?わかる?じゃあ、明日、豪徳寺行こう。豪徳寺。うん、わかった。豪徳寺行って、それから、豪徳寺に行くけど、豪徳寺に行った時間を信用できるものにするかどうかってのは難しいんだよね。ああ。じゃあ、明日、豪徳寺。豪徳寺に、君が来るっていうことを俺は信用しないけど、信用しないまま、待つね。なぜなら、僕は君が好きだから。

(49:59)

043

NO TEXT#2　2018/07/27

(50:00)

この前知り合いの演劇を観に行ったのね。で、知り合いの演劇を観て、あぁーもうー、ちょっとあのー、おもしろかったよ、なんて言ったんですね。そしたらその人あの、一瞬怪訝な顔したんですね。で、その人となんか、何回かこう話しているうちに、いや、ホントにあれおもしろかったですー、あーいうところがよかったですって言ったら、あっ！気に入ってくれたんですね！って。いやいや、前からおもしろいって言ってたじゃん！って言ったら、「ディスられてんのかと思いまして」「え？」「や、おもしろいっつっても、いろいろあるじゃないですか？」って。いやいやいや…ねぇよ。おもしろいは、おもしろいだよ。おもしろかったつったら、おもしろかったの。勝手にこさえてんの。どっちの意味のおもしろいですか？って、そんな、ねぇ。おもしろいって言ったらおもしろいじゃん？だからさ、そんなこと言いだしたらさ、「いい意味でかわいいッスよね～」とかさ、あの、だから、「しょっぱくもなくてあまいですよねぇ」とかさ、「眠くならないコーヒーですよね」とか。いちいち…だから、もう、ものごとってさ、あの、でっかいメディアになればなるほど物事って単純化されるって言うけど、逆にかえって単純なものが複雑化されるってことはあるよね。だから、あの、枡野浩一っていう人は…短歌で…んと、複雑なことって単純でいいね、みたいな…短歌があるんだけど、要するに、物事ってのは単純さと複雑さがこう絡み合ってるから難しいわけであって、やたら単純なことを複雑にしちゃったり、複雑なことを単純にしちゃったりってのは、絶え間なくできているんだなって思って。いい意味でかわいいとか言わなくていいじゃん。かわいいんだからさ。や、ほんとうにおもしろいですよね、とか言わなくてもおもしろいんだからさ。いい意味でとか言わなくてもさ、何でもできんじゃん。な。ホント、変わんないなって思って。どうしようもない、気がする。

(51:50)

(51:58)

…はぁ…うん…すー…なぁ…**（水筒の水を飲み）**あぁうまいなぁ…あぁ…

(52:24)

I am time

(52:25) あー……よく天井を見ながら数えてたなぁ。何を数えてたんだろうなぁ。**100** 数えてたことは思い出せても、**100**数え切ったことは思い出せなかったなぁ。何回も何回も数えたなぁ…**1**, **2**, **3**, **4**, **5**, **6**, **7**, **8**…**7**, **8**ぐらいが一番気持ちいいんだよなぁ。だから、**7**, **8**でやめればいいんだけど、なんか数がさぁ、続いてくからさぁ…**9**, **10**, **11**, **12**, **13**…**13**ぐらいから苦しくなってくんだよねぇ。で、苦しくなってくんだけどさぁ、数だからさぁ続いてくんじゃん、だから…**14**, **15**, **16**, **17**, **18**, **19**, **20**…数えちゃうんだよねぇ。でも**20**ぐらいになるとさ、だんだんマヒしてきて、つらいの忘れるっていうか、**21**?…**22**, **23**, **24**, **25**, **26**, **27**, **28**…ってこう続いてゆくんだよねぇ、んでー、マヒしてますっつっても口動かすからさぁ、だんだん疲れてきてさ、なんか…30，31，32，33，34，35——、なんか35ぐらいで「さんじゅごー」って言っちゃうんだよね。だからなんだ、なんだろね？一区切りつけようと「さんじゅごー」みたいな。なんだ、これもさ、これーだから、区切りだよー、みたいなこと言ってさ、「さんじゅごー」みたいに区切りやすいこと言ったんだからさ…35，36，37，38，39，40，41だよね、で…41，42，43，44，45，46，47ってまぁ、で、いつまでも続いてるからさぁ、数だからさぁ、いつまでも続けられるって言うかさぁ、やっぱりさぁ、いつまでも続くわけだからさぁ、どっかでやめなきゃいけないわけでさぁ、どっかでやめてたんだけどぉ、やめてるっていうことを、ぼくはあんまり覚えてないなぁ、でもやめたんだよなぁ、だってやめなかったら今でもずっと数数えてるわけじゃん？まぁ、きっと、数数えてなくても、勝手に、数って数えられるんで、なんか俺の時間って感じなんで、そういうものが収束していって、なんかおかしなことになっていって、なんか俺って時間なのかなぁみたいな、で、結局、なんやかんや思ったんだけど、俺ってなんか時間なのかなぁ、俺時間なのかなぁみたいな、俺って今こうやって動いてるけど、なんか数数えてるだけなのかなぁ、だから、数数えるっていうのは、俺ってのは時間なのか、ってのを確認するための時間なのかなぁ、みたいなことを思っちゃうよ、いーなぁ、俺ってー時間かー、俺

048

は時間なのかなぁ、でも時間は俺じゃないんだよなぁ、でも俺は時間なんだよなぁ、それがくやしんだよなぁ、なんか俺が時間でもいいんだけど、時間が俺じゃないってのが、くやしいんだよなぁ、俺が時間だったとしたら、時間も俺にして、時間を巻き沿いにしたいなぁ、なんかぁ、こう、時間全部止めたいっていうか、俺終わったら時間全部終わりにしたいなぁ、俺の時間が終わった時に時間全部終わりにしちゃいたいなぁ、なんか俺の時間なのに、時間が終わりじゃないっていうのが、ホントイヤだなぁ、俺も時間かぁ…1回でもいいから時間じゃない時間潰したいなぁ。時間じゃない時間がほしいよ。ホント、なんだ、何しても時間かよと思うとさ、時間なんだなあって感じがして、あー時間かぁ、時間なんだなぁ、って言うかさぁ、あーすげぇよなぁ、(56:32)

049

NO TEXT#2　2018/07/27

午前四時の時間殺し

（56:42）伸びる中指。伸びていく中指。伸びあがった中指。伸びていく中指と、その横で傾く人差し指。伸びていく中指と、その横で傾く人差し指と、その右隣で、また傾く小指。その真ん中で、薬指がまっすぐ伸びていく。雲が落ちてくる。雲が、薬指に向かって落ちてくる。雲が薬指に向かって落ちてきて、そのまま、沈んで、いく…くさい、くもの、におい、かいで、あめ、の、ことを、かんがえ、あめが、くさる、ことは、ない、あめが、くさる、ことは、ない、んだけど、その、ことを、かんがえては、いない、くる、しい、ことも、あめ、の、せい、かぜ、に、つか、れて、くる、しい、そら、の、いろ、を、しる、ひが、こない、わけ、が、ない、つらい、よる、こえ、はだ、とかし、なが、ら、いき、たえ、ない、とな、かい、の、いき、を、きき、のが、のは、つらい、うめ、たべ、ながら、つつ、まれ、る、つぼ、み、の、よう、な、はる、だった、おき、あが、る、の、に、りゆ、うは、ない、りゆう、は、ある、の、りゆう、は、ない、りゆう、の、りゆう、を、しり、ながら、しり、すぼ、み、の、こと、ば、たち、かぜ、と、こと、ばの、ちがい、を、しり、かぜ、と、こと、ばの、ちが、いを、しる、かぜ、と、こと、ばの、おな、

じ、とこ、ろ、ぼく、は、しっ、てる、かぜ、の、なか、くう、きが、うご、けば、こと、たり、ない、くう、き
が、うご、けば、かぜ、に、なる、くう、きを、うご、かさ、ない、かぜ、と、くう、きを、うご、かさ、ない、こ
と、は、かぜ、の、こと、ば、を、みせ、ことば、かぜに、かぜ、が、こと、ばに、なる、こと、ば、かぜ、こと、
ば、が、かぜ、に、なる、く・ろ・い・そ・ら、くろい、そら、の、したの、しろい、くもの、した、の、しろいい
ろ、ねぇ、この、いろ、は、ちゃいろのふりをして、じつは、ちゃいろ、ちゃいろのふりをして、じつは、
ちゃいろ、ちゃいろのふりをして、じつは、ちゃいろ、あっ、あー、がっ、うっ、う、そ、み、れ、ば、さ、
よ、う、な、ら、を、か、か、げ、て、く、る、し、い、あ、お、い、と、ん、ぼ、と、お、ん、き、ご、う、の、か、き、
か、た、を、ぼ、く、は、し、ら、な、い、ご、ぜ、ん、よ、じ　ご、ぜ、ん、に、じ、か、ら、ご、ぜ、ん、よ、じ　ご、
ぜ、ん、に、じ、か、ら、ご、ぜ、ん、よ、じ　じ・か・ん・は・す・べ・て・お・れ・が・き・め・る・と・け・い・は・
ご・ぜ・ん・に・じ・だ・け・れ・ど・お・れ・が・き・め・た・か・ら・ご・ぜ・ん・よ・じ　お・れ・が・き・め・た・
か・ら・ご・ぜ・ん・よ・じ　お・れ・が・き・め・る・の・は・ご・ぜ・ん・よ・じ　ご・ぜ・ん・よ・じ・に・は・よ・
て・い・が・な・い・か・ら　き・み・と・ま・ち・あ・わ・せ・て・も・こ・な・い　ご・ぜ・ん・よ・じ・に・ま・ち・
あ・わ・せ・を・し・て・も・ご・ぜ・ん・よ・じ・は・に・じ・だ・か・ら　き・み・と・は・ぜっ・た・い・あ・え・な・
い・け・れ・ど・こ・れ・は・ゆ・ず・れ・な・い・ご・ぜ・ん・よ・じ　ぜっ・た・い・て・き・な・ご・ぜ・ん・よ・じ

き・み・と・か・い・に・あ・え・な・い・け・ど　こ・れ・だ・け・は・ま・も・る・ご・ぜ・ん・よ・じ　な・に・よ・
り・き・み・が・だ・い・じ・だ・け・れ・ど・そ・れ・で・も・ま・も・る・ご・ぜ・ん・よ・じ　ご・ぜ・ん・よ・じ
い・ま・は・ちょうど・ご・ぜ・ん・く・じ　だ・け・ど　こ・れ・も　ご・ぜ・ん・よ・じ

(01:02:30)

NO TEXT#2 2018/07/27

だから、まぁ、とにかく、そうね、でも、そんな自分にとっては、すごく影響がありすぎてなんか、

NO TEXT#3

2018/09/22

詩を書く人

(1:14) えー詩を書いてるんですけど、詩を書いているものなんですけど、まーそれー少し理由がないというか、まぁ、詩人ていう言葉に対して、ま、特にヤな気持ちもないんだけど、ま、特にいい気持もなくて、ま、ただなんかどうしても詩人て言われたい人って思われるのも嫌だけど、頑なに詩人って呼ばれたくない人っっともなんか違うからどうしようかなぁって感じで、まぁ多分詩を書いてますーって言っても、詩人って言うとね世間的にはあんまりね。詩人を初めて見ましたとか言われるから。ねぇ、世間的に、詩人ってさ、ね、手首切ってインドに行く人かインドに手首切りに行く人かどちらかでしょ？ね、だいたいね。それぐらいのイメージ持たれてるから、どっちでもね、ないからぁ。別にその人たちを否定してるわけじゃないんで。あの、別にその人たちはその人たちでいいんだ、別に。僕が一生懸命詩を書いてる横で、一生懸命手首を切るんだったら、それはそれでいいと思うんだよね。価値観だから。その人はその人で頑張って手首を切るんだったらそれはそれでいいと思うんだけど、ま、ジャンルが違うからね。僕はラグビーやってますけど、あなた方はアメフトですよね。ぐらいの感じでまぁ、やってるぐらいの、ま、そんなもんだよねって思ってました。ま、だからね、詩人っていうのもねぇ、なんかあのー、この前なんか別のイベントに出てる時なんか職業欄どうしますか詩人兼ミュージシャンですかって言われたんだけど詩人でミュージシャンてなんかね椎名林檎ファンみたいなイメージあるじゃん詩人兼ミュージシャンって椎名林檎のファンでしょどう考えたって主な活動は椎名林檎の**CD**を聞くこと多分そういう意味合いの椎名林檎の**DVD**を見たり椎名林檎のライブに行ったり椎名林檎の動画を検索忙しいねもう詩人兼ミュージシャン忙しいねまあそれはちょっとジャンルが違うんでそういうことなんでこれはまた置いておいてって感じなんで。で、**1970**年代ぐらいになるとあのー現代詩作家って言っている人がいたんですよ。詩人じゃありません現代詩作家って言っている人詩人って言っている人がいて詩人じゃないですって言っている人がいて、終わってるから。もう終わってるからね。どっちに行くのもまそこはもう今更見たいなどっちでもいいなあみたいなね。あの、「弁当を食べる人」でもいいしね。何でもいいしね、「インドに興味ない人」でもいいんだけどね。とりあえずそれでなんか詩を書いてる別の人のなんか**Twitter**見たら言葉のスタイリストとか書いてあってこれ一番きついんだよなぁ言葉のスタイリストはきついなぁみたいな消去法で結局文字数の関係で名

刺に詩人って書いてありますね文字数の関係で詩人くらいがちょうどいい、それぐらいがね、多分
詩人がいやとかいいとか言っていること自体が囚われているそこに囚われる必要はない…（4:17）

動物病院

(4:21) 文字って言うとねフォントにもよるからねだからねなんかこの前道歩いてたらなんか「動物病院」ってなんか明朝体で書いてあって明朝体で「動物病院」って書かれてあって動物病院だもんな明朝体でさ何の前触れもなく「動物病院」って書かれるとさ絶対「動物病院」だねって思うもん。草書で「そば」とか書かれると「そば以外も置いてんのかな？」「カレーうどんもあるのかな？」て思うけどさ「動物病院」って書かれると「精神科じゃないんだ」って。自分が動物病院であることに全く迷いがないんだね「動物病院」。却ってラーメン屋とかで「俺の塩」とか、でっかい太字で書きすぎると自信がないの裏返しかなっておもうよね。言い過ぎよ。そんなに太くする必要あるのか？「俺の塩」とかさ。「いやお前の塩じゃないかもよ」って思うよ。そんな……

に言う？だって普通に「塩とって」「はい」これだけで「俺の塩」じゃん。「お塩かして」「はいこれ」。「俺の塩」ってこんなもんよ。「俺の塩！！」って言ってんだからさ。何かやましいことでもあるのって気するよねそんな「俺の塩！！！」って言うか？「昨日ラーメン食べた？」「ラーメン食べてないよ！！」「まじか？食べたのか」って思う。その「食べたのか」って聞かれたときに「食べてないよ」じゃなくて「食べてないよ！！！」って言ってる時点で「やましいことでもあんのか？」「ラーメンを食べることにやましさを感じているのか」って。「俺の塩！」とか。そこいくと「動物病院」。道で「動物病院」って。絶対動物病院だからね。そういう意味じゃ、なんか逆に言うと発展がない。動物病院は自分のこと絶対動物病院だと思っているからだから。なんつーかな例えば「ポスト動物病院」って言うのも見たいよね。動物病院とは何かを疑うみたいな目線だよね。カルテと手術の時の手の動きがバラバラみたいな。全然カルテと全然違うことしちゃってーなんか最終的にはなんか、動物病院という名の、結局、動物の方を置き去りにしていいやつ、動物と完全に乖離しはじめちゃってる、そういう、ポスト感が全くない。動物病院って言ったら動物病院。動物病院、動物病院に行きたい人と動物が集まってくる。何の発展性もない。もっとなんかなんかあの手術しながらなんかこう、詩のあり方も一緒だと思う。カルテとか手術とかも医者がやるもんなのか？疑いがない

090

といけないんじゃないのか？素人にやらせちゃおう。いろんなやつを手術台にあげちゃおう。ねポスト感が全くない。動物病院でその決まっちゃうとね便利なんだよね便利っていうのはある種死んでるんだよね。便利は死んでる。便利はもうずれがないから。だから本当だから…ズレがある便利だよね、だから無印良品とかのあの戸棚がいっぱいあるやつ。あれは便利に見せかけてちょっとズラしてるから。勝手にさ、「ここにボタンが入るポケットが」って言っても、あれそういうポケットがあるので便利になるけど、「ボタンが入る」、「ポケットがあると便利って知ってしまう」と、「あ、じゃ靴紐を入れるポケットは？」とか「あれはないの？」とか、知らなくていいはずの事を次々知っちゃうから、そう言うね、ズラしの便利ってのはかえって不便なんだよね。「あれがある」から、「あれが便利」ってことは「あれはないです」、につながるから。そういう意味で「動物病院」はソレだけだから、便利は便利よね。あぁ…いぃす

(8:02)

首の皮一枚でつながった地図

（**8:28**）首の皮一枚でつながった地図を片手に…街を歩く…でも地図なんてそもそも首の皮一枚でつながっているようなもんだし、そんな全く破れる保証のない地図なんて僕は知らない**21**世紀になってだいぶたって、**iPhone**ができて**4**だ**5**だ**6**だ、やれ**30**だ、わかんない、どこまで続くかわかんないけど、地図は一向に丈夫にならない気がする…最新の地図見てる人何人いる？僕は職業柄最新の地図を見るんだけど、やっぱり地図は小さく折りたたまれていて、折れ目のところがやっぱり首の皮一枚でつながっている、首の皮一枚で繫がっていないと地図じゃないと錯覚するかのように首の皮一枚でつながっている補強の仕方もやっぱりテープだからね**iPhone10**だ**7**だって言ってる時も…テープだからね、ずっとテープ、でもそのテープはセロハンテープと違って劣化しないテープ。テープは進化するんだよね。テープは進化するけど地図は全然進化しない。地図帳を持って街へ行こう行くんだけれども、なんかそんなに地図も見てない、もちろん**Google**マップだなんだそういったものを見ればいいワケであって、地図帳を持っている時点で、なんか道に迷わないための地図帳じゃなくて、もっと何か、首の皮**1**枚のものを持って、歩こうとしてて、ずっと、首の皮**1**枚のまま、今まで繋がれてきたのを持って、歩こうとしてて、だから、というか、よく考えてみれば、僕の、歩き方は、全く、進歩していなくて、あーその進歩のしなさっていうのは、まるで地図のようだなあ、なんて、思って、だからって訳じゃないけど…それは関係あるのか?…いや関係ないのか?…とにかく、地図が全く進歩していないことと歩き方が全く進歩していないこと、それが歩くという行為によって結びつくこと…が、僕にとっては重要、と言う訳ではないんだけれども、とにかくそれを続けている…首の皮一枚、で繋がれた地図がいつか破れる時が来るまで歩こう、だなんて思わない、けど…思わない、けど、地図が破れたらやっぱり不便だし、やっぱり歩きにくいし、動きにくいし、そしたら、結局、歩くのはやめる。でも物理的に、と言うか便利な話、地図が破れたら歩きにくいから歩く速度は遅くなる、地図が破れちゃったら補修しようとして止まっちゃう、そういう意味では地図が破れるか破れないかっていう、地図の寿命と僕の、歩く速度っていうのは関連している、どうしようもなく。僕は地図のことなんか考えたことはないし、地図は僕のことなんて考えたこともないんだろうけども、とにかく地図の首の皮一枚の寿命っていうのは、僕に深く関わっている、ただそれだけが、ああ、それだけなんだなっていうことが、ただそれだけのことを手に持って歩いて行きたい、地図帳持って。…全て地図がバラバラになって、行き先がわからなくなって立ち尽くす、そういう終わりは、ちょっと、絵になりすぎてずるい気がする、だから辞めたくなった時は、地図がどんなに破けてなくても、僕は自分の意志で止まりたいと思う。むしろ、地図の破れ具合とは別に自分の意志で止まりたいと思う、一度歩いてしまったら、目的を決めなかったから、止まることに勇気なんていらないし別に今でもすぐ止まれるんだけども、とにかく、分からんよ犯しましたバカ何かのせいにじゃなくて、自分のタイミングで止まりたい。止まることばかり考えて歩いている。そうなっていくと、いつのまにか止まり場所を探している気もする、止まり場所、ああ、あそこの角に止まるのもいいかもしれない、あそこの角のすみっこの方で止まるのもいいかもしれない、いやこの寝っ転がったタイミングで、おおもう、もう寝っ転がったタイミングで、寝るって言うことは絶対しなきゃいけないことだからね、寝てる時点で止まっているから、止まったとみなしてこのまま動かなくなって、動かなくなった時点で止まるとして踵を返して、しまえば止まることもできるのかもしれない。止まるチャンスはいくらでもあるでもありふれていてちょっとのチャンスをチョイスすればいいのか僕はちょっと分からないあーどうしよう、今俺止まっているのかな、止まっているのかなこうやって上を見てだって動いてないもんなでもこれから立ち上がって歩けば動いている、ことになる、気も、しないでも、ない…雨が降った、僕は一目散に地図を守った、地図さえ濡れなければいい、地図が濡れて破けて止まるというのは最悪の結末だ、地図だけを守る、地図だけを守って歩いていると、もうこの地図は開かれることがない。開かれることのない地図なんて死んだも同然だ。僕は地図を守る事で地図を殺している。ああ、地図を殺している。胸の中でぎゅっと抱きしめる、ああ僕は地図を殺している、地図を守っている、地図を殺している、地図を守ることは殺すことだ、あーそうかあーそうだあーそうか、コカコーラが飲みたいなペプシコーラしか売ってないなコカコーラが飲みたいなペプシコーラしか売ってないなコカコーラが飲みたいな**7up**しか売ってないな、なんでここにはコカコーラが売ってないんだろう　コカコーラが売ってる場所はどのみち地図には載っていないああ使えない地図だその地図を僕は守りたい使えない地図だなコカコーラが売っている場所がわからないなんて何のためにあるんだ**Google**マップだったらコカコーラが売っている場所はわかるのかわからないのかとにかくコカコーラの売っている場所すらわからない地図なんだ目的のものすら見つけられない地図なんて僕はどうすればいいんだなんで、なんだ、こうして、こうやって歩いてしまってる止まればいいのに全国地図を守ってこうやって止まればいいのに止まらない止まらないあー止まれない止まらない止まれない止まれない止まれない止まれない止まらない目の前が川だ…あーこのまま止まる、大きな、チャンスがやってきたでも川の上流の方に行けばまだ歩けるぞどうするんだ俺は歩くのがあるかないのか踵を返すのかどうしようどうしようどうしよう…地図はどうしたいんだろう…地図はどうしたいんだろうって僕は考えている…川の、流れに、そって、地図を投げてしまえば地図はどんどん行くんだろうか…地図を川に投げ込んで地図に僕が追い抜かれてみるというのもいいのかもしれない1回サッと投げ込むというのもいいのかもしれない…地図を投げる…地図を投げる…地図が僕を追い抜かれて置いてきぼりになったら僕は止まれるんだろうか…地図を、投げるその前にまず地図を川につけてみるああ地図が濡れるああ首の皮1枚で繋がれていた地図がバラバラになりそうになるどうしよう、どうすれば、僕は、このまま、手を離す地図が流れていく地図が置いてきぼりにする僕をあいつだって地図は僕を置いてけぼりにするそれを見ている地図は川のだいぶ先の方に行って見えなくなったそれを見てまた僕は走る地図とは関係なしに走る地図とは関係なしに走って地図とは関係なしに止まろうと思う、いつ止まる？理由を探しているうちに止まれないんだと気付いただからいつでも止まれるはずだ、ああなんか疲れた、けど、もうちょっと頑張って、止まる。今、止まった。空を見上げる。別に満月じゃなかった。それがいいと思った。満月じゃない時に、疲れたタイミングとは別に、地図が流れたタイミングとも別に、ただ止まった。ただ止まれるんだと思った…ただ止まれる僕はきっと、ただ水を飲むようにただ眠れるんだろうなということがいやわかっていたということが分かってしまった明日また会社に行くんだろうな、行かないこともできる。行かないこともできるということいつでも止められるということを抱えて会社に行くんだその時もまた満月じゃないといいな、いや満月でもいいなもはや満月なんて僕にとってはどうでもいいことだから満月でも構わない月がそのままあって満月じゃなくても構わない同じことだからああ、僕にとって満月は価値のないものなんだな、満月が価値のないものになってから、また、満月を見ようと思う…………

（18:52）

（初日の麦）茶の味

…（19:08）麦茶こんな感じだったかなぁ………時間経ったからかなぁ、毎日、**3**日前に作った麦茶毎日ちょっとずつ飲んでるから何て言うかな、**3**日前に作った麦茶だから味が変わっているという先入観でそう思ってるのか、ちょっとずつ味は変わっているのを微細に感じているのか、真逆だよね、微細に味を感じているのか先入観でそう思っているのか真逆のことなんだけど麦茶ってこんな味だったかなぁ？思いだ…麦茶の味をどうやったら思いだせるのかな？あの初日の麦茶の味を…どうやって思いだしゃいんだろう？いや経験してるんだよ、例えば、僕は金メダリストではありません。だから金メダルを取った時の気持ちはわかりません。僕はアドルフ・ヒトラーじゃありません。だから、どうやって戦争をやってるかは、わかりません。だけど、それと同じぐらい遠い、**1**日目の麦茶の味が。僕は経験したんだ、**1**日目の麦茶の味を、経験したのにすごく遠いよ。今ここにあるのが**3**日目の麦茶の味、仮に**1**日目の麦茶の味と**3**日目の麦茶の味が全く同じだったとしてもそれが何だって言うんだもうわからないよだって今ここにあるのは**3**日目の麦茶なんだから3日目の麦茶が仮に1日目の麦茶同じだったとしても1日目の、1日目のを飲んだ時の僕じゃないから1日目の麦茶の味がわからないどうすればいいもしや1日目と3日目全然味が根本的に変わっていたとしてももう僕はそれを覚えていない。1日目の麦茶の味を飲んだ時の僕じゃないから。じゃあ今麦茶を作って1日目の麦茶を飲めばいいでも1日目の麦茶を飲んだあの時の俺じゃないから3日目の味を知った俺が1日目の麦茶を飲んでいるだけだからなんかそれじゃあない気がするこうゆう金メダリストと同じぐらい遠いよ1日目の麦茶を飲んだ時の僕は全然憧れないけどあーこんだけ遠かったんだ金メダリストって金メダリストって僕会ったことないからどれぐらい遠いかわからなかったんだけど1日目の麦茶を飲んだ時の自分ぐらい遠いってことが僕は分かったからあーそれぐらい遠いんだ具体的に遠いことがわかった1日目の麦茶を飲んだ時の僕と同じぐらい金メダリストは遠いんだなんだか金メダリストの遠さが近く感じてきた。すごく遠いすごく遠いってことが具体的に分かってきたあー、金メダリストは3日目の麦茶を飲んだ時の感想を聞きたいな…何て言うんだろうな、何の金メダリストならそういうこと言うんだろう、僕は分からないよ、ああ、でもまたこの3日目の麦茶を飲めばまた、1日目の麦茶を確かめるために1日目の麦茶を作る僕じゃなくて、心から1日目の麦茶を欲っする僕になる。だからもう、それにそんなにまずい味じゃないしね。これを希望って呼んだっていいし生活って呼んだっていいし。何も呼ばなくたっていいし。あ、言葉に出したくないんだなそれが僕には心地がいいや

（22:18）…

しりとり

（22:25）麦茶……野蛮な三歳児…自殺未遂するはまぐり…リンカーンと同じ歌声の鹿児島県民によく似たアメリカ人風のファッションをしたくないという気持ち…チーズ図工うどんぶりりんごゴリララッパパパイヤみたいな性格だねと言われた時のあの気持ちチーズ図工ウドどんぶりりんごゴリララッパパンツを忘れた時の焦りと見つかった時の喜び…などということをよく思うけど言ったのは今初めて気づいた、この瞬間のときめきにも似た焦りりんごゴリララッパパンツツベルクリン反応ウドどんぶりりんごゴリララッパ…パセリ…パセリ…パセリ…パセリと言って今自分の頭の中にセロリが浮かんでいる…パセリと言ってちゃんとパセリが浮かんでいるのかああ答え合わせをしよう　僕はパセリとセロリの違いがよくわからないよくある話で、なんか、パセリとセロリのなんかどっちでもないどっちどっちにだかどっちとも言えないヤツが絶対今思い浮かんでるんだよねパセリだかセロリだかわかんないどっちだかわかんねーやつ今浮かんでいるああパセリだかセロリだかこれは何だ…なんなんだっていうことを考えていて…あー、日が、暮れ、よう、と、して…いる…パセリ…パセリ…あぁパセリ…ああパセリ…これぐらいの認識ですけど実は毎日パセリを食べていましたなんてことはあるから人生は恐ろしい…いややっぱりそんなことはないから恐ろしいのかな…結構ものごとは何かありがちに進むよね…ありがちにすすむのは結構恐ろしいことだよね

(25:18)

戦争自体賛成詩

……(25:23)

このタイミングで言うのもなんですけど……自分戦争好きなんですよね、戦争。ああでもあれです、暴力とか、パワハラっぽいのは苦手。純粋に戦争が好き。セクハラとかダメ。暴力**NO**!戦争**YES**!だからもっと純粋に、純粋に、戦争が好き。人傷つけない系の戦争が好き。とにかく差別とかイヤ。差別は**NO**!戦争**YES**!とにかくこういう感じ。同じ感じでここまで戦争好きだけど甘いものばっかり食べてるとしょっぱいものも食べたくなる感じで反戦もしたい。純粋に反戦が好き。だから平和のために使われる反戦がちょっとイヤだ。純粋な反戦。だから平和**NO**!反戦**YES**!戦争に政治とか持ち込んで欲しくない。とにかく。純粋に戦争が好き。もうとにかく……暴力やめろ!戦争しよう!平等やめろ!

反戦しよう！差別やめろ！戦争しよう！自由なんかいらない！反戦しよう！それだけでいいよ。純粋にね、だから、勝ち負けとかにこだわって戦争すんのよくない。純粋な戦争をした方がいいと思う。勝つとか負けるとかもういいじゃん。つまりやらない！純粋な戦争を応援した方がいいと思うよ。…戦争をね、もっと戦争をね、純粋な眼で見た方がいいと思うよ。戦争は大事だから。戦争そのものはね、見た方がいい、だからね、金のための戦争とか、平和のためだからとかそういう不純なものはいい、純粋な戦争、純粋な反戦とかしてった方がいい。そのほうが絶対いいから。すっごくそれが大事だから。純粋な戦争、純粋な反戦。…はぁ、大事だからね、戦争も反戦も…同じぐらい好きだから…戦争だけ好きな人と反戦だけ好きな人、バランスが悪いっつーかね。まぁ反戦も戦争もしてって初めてね、戦争がわかるっていうか、そういったところがあるかな。戦争のことしかやらない、反戦のことしかやらないってのはどうしようもない。ね。あんーまね、戦争を知るために反戦を知るとか、そういうんじゃなくて、純粋な反戦なら反戦、戦争なら戦争。何かのための戦争とかみにくいからね。もっと純粋に、戦争を考えた方がいいと思うよ。ね、

(27:52)……………

すごい、きいろ、すごい

…(28:12)あー、あ、俺ー、これぇ、これぇ、きいろできれぃですねぇ、これぇ、すごいでっす、黄色だからキレイなんですか？これぇ、すごいあれ、すごいきいろです、黄色だからすごいんですかこれぇ、あれ、すごいきいろ、ですねー、これ、すごいことと、きいろはかんけいありますかぁ？、きいろだからすごいんですかぁー、きいろがすごいんですかぁ、すごいきいろだあぁ、この、「すごい」、と「きいろ」はわけられるんですかぁ？、もしこの「すごい」と「きいろ」がわけられたらぁ、「すごい」をあげるので「きいろ」をぼくにくださあぃ、あーあ、どうしますかぁ、でも、「すごい」と「きいろ」をわけたら、この「すごいきいろ」がきえてなくなるというかのうせいもいなめませんが、あーあ、これは、こ・ま・り・ま・す・ねぇい、きいろ、すごいなぁ、ああ、こんなにきいろってすごいぃ、きいろだからすごいのかぁ、あぁ、きいろだぁあ、きいろがぁ、めのまえにぃ、あーるよぉ、きいろがぁ、どんどん、きいろくなっていくよぉ、それがぼく（**00:00記録映像、2へ**）がすごいとかんじて、めのまえにあるこのすごいを、きいろいとかんじているぅ、もしわけたら、すごいときいろで、はんぶんこ、しませんか？そーしたら、よくわからないけど、またあったときに、ぼくたちがまたあったら、すごいと、きいろを、わけあったうえで、ぼくたちが、またあったら、そのときにすごいきいろが、できあがるから、それでいいきもするんだ、すごいきいろ、は、ぼくは、ほんとうに、すきだからぁ、すごーいきいろ、でも、すごいときいろはわけませんか？この、ほうちょうで、わけられませんか？このはさみで、わけられませんか？このカッターでわけられませんか？すごいときいろをわける、はなしがしたいわけではありません　あしたはえんそくだから、おやつをかいにいくところで、ぼくはすごいきいろ、を、みて、たまたまきみがいて、ほんとは、おやつを、かいにいきたいんだけど、いかなきゃなんだけど、きみがいて、すごいきいろがあって、ぼくは、こうしている、おやつを、おやつを、かいに、すごくおやつを、いっぱい、さんびゃくえんいないで、すごくおやつをいっぱい、すごいさんびゃくえん、すごいさんびゃくえん、がほしい、ごひゃくえんぶんかえる、すごいさんびゃくえんがほしい、でも、すごいさんびゃくえんがてにはいったら、すごいとさんびゃくえんをわけて、はんぶんこしませんか？そしたらすごいをあげるので、さんびゃくえんをぼくにください、そしたらあなたは、すごいをふたつもってることになって、ぼくはさんびゃくえんときいろをもつことになります　すごいをふたつもつなんて、あなたすごいですね、あなた、すごいあなたですね、すごいとあなたがもしわけられるんだったら、すごいをあなたにあげるので、あなたをぼくにくれませんか？　あなたはすごいをみっつてにしているけれども、そんなあなたと、きいろとおやつを、ぼくはてにします　さんびゃくえんであなたをかう、ようなものです　あなたのかちはさんびゃくえんですぅ、ということがいいたいわけじゃないけど、どうやら、あなたのかちはさんびゃくえんになってしまったーでも、それは、だれもわるいとはいえないのだー、あなたのかちはさんびゃくえん、あなたのかちはさんびゃくえん、あなたにはどう、きこえますか？あなたのかちがさんびゃくえん、あなたのかちがさんびゃくえーん、あー、あぁ？あぁぁあ？あぁあぁぁあああ？　あああぁぁあー？あ、あぁぁぁあああ？あぁぁあ？ああぁーあ、さんびゃくえんがないからあなたをかうことができません　すごい、きいろの、いつのまにかいなくなったから、もうどうしようもない、おやつも、かえない、ぼくはあしたてぶらでえんそくにいく、えんそくには、いく、えんそくに、さんびゃくえんをもって、いく　すごいえんそくに、する　すごいとえんそくを、もし、わけることができたら、えんそくにぼくはいくから、すごいをあなたにあげます　でも、もし、あなたがすごいをかかえてえんそくにきたとしたら、あなたのことをすごい、とおもいます　そのすごいあなたを、わけることができたら、すごいをあげるから、あなたがやっぱりほしいです　けっきょく、ぼくは、あなたがほしいです　あなたのかちはわからないけど、もしかしたらさんびゃくえんかもしれないけど、あなたが、ほしい、です　どうにでも、して、く・だ・さ・い　く・だ・さ・れ　く・だ・さ・い　く・だ・さ・れ　れ　れぇーえー　れぇーえーぇぇぇえー　スゴクナイサンビャクエン　すごくないれ　すごくないれをあなたにはあげません　すごくないれはあなたにはあげません　あなたはたくさんのすごいをもっています　すごくないは、ぼくのものです　すごいをそんなにもっているのだから、ぼくのすごくないれまでもらわないでください　じゃぁ、そういうわけで、あした、また、えんそくで、あいましょう　たのしみです　すごい、えんそくにしましょうね　すごいえんそくにしたら、すごいとえんそくでわけあって、いーぶんにして、ときどきこうかんしましょうね、それではまた、あした、おやすみなさい

(5:21)

主任のせい

（5:45）主任のせいだと思いまーす　主任の、せいだと思いまーす　大抵主任のせいなんですよねー　やっぱ、主任、なんだけどなー　主任のせいだとおもいまーす　もし、主任のせいじゃなかったとしたら、これわたしのまちがいでーす、けどー、わたしが間違えたのは結局ー主任のせいだと思いまーす　だーって主任ですもーん　主任がそんなんなんだから、わたし主任のせいだなーって思うんですー　だーから主任のせいなんですー　主任のせいじゃなかったとしたらわたしのまちがいなんだけど、それも主任のせいなんだと思いまーす　あーぁあ　なんか主任のせいなんだー　すーごくさびしいきーもーちー　主任のせいが、さーびしー　主任がいなくても主任のせい　主任がいても、主任のせい　主任のせいだよ、主任のせい　あぁ主任も

帰ってる　私しか、いないけど、これが結局主任のせい　いつまでたっても主任のせい　主任のせいなんだと思います　主任のせいなんだと思います　主任のせいだと…あ、おっおっおっ、なんだ　裁判、所が…おん、え？判決「主任のせい」って書いてある　あっ国が認めたんだ　あー国が認めんだぁー　私だけのものだったんだけどな、主任のせい…裁判で決まっちゃったかぁ…私だけの主任のせいじゃ、なーいんだー、決まっちゃったかぁ、もう主任のせいだと思う、とかじゃないんだぁ、やーだぁ、やーだあー、やだよー、主任のせいってみんなが決めるのやだー、わたしだけの主任のせいがよかったのにー、あーあぁ、もーどーしよー主任のせいなんてー、あーやーだー、国が、国が主任のせいにしてくるよぉ、選択路にいるよぉ、あーあーぁー、どーしよっかなぁ、どーしよっかなぁ、どーしよっかなぁ、さ・び・し・い・き・も・ち、さ・び・し・い・き・も・ちー、そ・し・た・ら・わ・た・し・は・ば・な・な・を・た・べ・る、ば・な・な・は・お・い・しー、ば・な・な・は・あ・ま・い、あ・ま・い、ま・ず・い、しゅ・に・ん・の・せ・い、主任のせいだっとおっもいまっすぅー、主任のせいでいいでしょー、主任のせいでー、うん、これとは関係なしに、この裁判の結果と関係なしに、主任のせいって言う、もうサンクチュアリですー、サンクチュアリの主任のせいですー、国家関係ない主任、もう主任もいらないですぅー、わたしだけの「主任のせい」ですー、絶対ですぅ、絶対ぃー、だけど、主任のせい、だと思いま・すぅー、あいまいさは残し・ま・すぅうよぉーん・ん・ぅん・んんんー……
おぉいぁす…………すゅにぃんのせいですぅ…………主任のせいだぁとおもい
ます…………だと思いまーす、主任のせいでさー、みんなー…………あー
ゆー人多いなー、あぁー、最高にやーだ、最高にやーだ、最高にやーだ、最高に、やだやだやだや
だー、今なー最後尾のー、あーぁ、今すぐ行こうかなー、でもなんか、外国のが多くてやーだもー、
もーすごーいやーだー、やだやだやだやだ、っていうかもう二年ぐらい風呂入ってないからやだー
風呂入りたいー、風呂入れば**M-1**とかあーいうのも漫才師ー、あーもう二年ぐらい風呂入ってな
いから体かゆいー、もう目の前がシャワールーム、もうなんで風呂入らないのわたしー、やだー、や
だやだやだ、くさいくさいくさいくさーい、あの臭いお祝いにカトリーヌさぁ、くさいくさいくさ
いくさいくさーいだばー、風呂入ればいーのなぁ、風呂入れないとなんで風呂だけチャート・カー
ニバル、んんーんうんーぅんーうーんぅうん、あーぁーあーッゼリー食べよっかなー、ゼリー食べ
よー、ゼリー食べよー、ゼリーな、ゼリーな!ゼリーなぁー!ゼリーない、これはゼリーを買ーいに
行くチャーンスゥ、ゼリーがない、これはゼリーを買いに行くチャーァンスゥ、ゼリーがない、これ
はゼリーを買いに行くチャーァンスゥうぅうううYEAHぃYEAHぃYEAHぇあっあっ

あっあっあっ、ったーい、ゼリーばっか食べ行く歳でもないんですよねぇー、ないんですよねぇー、ゼリーの対象年齢わかんないんですけどねー、あゃぁー、やーだよー、やーだなぁー、あーぁぁおーぁあぁー、もうここ、くっつけちゃおうかな、いろい…あらぬ、これもうあらんことも、くっつけちゃおー、よーし、主任をゼリーにしーちゃおーぅ、主任をゼリーにするーためーにー、大学入りなーおそー、一から勉強ーしーよー、真面目に勉強しーてー、大学入りなおしてー、主任をゼリーにし・よ・おー！一生懸命勉強しーてー…あーぁあ、だから、今私が、こうしてこの、室岡ゼミに入っているのは、主任のせいなんですっ

11:24

雨という言葉

(11:43)雨……雨なんて、言葉を、よく……耳にするというか、口にするというか、頭の中で、雨って言葉を浮かべたときには、大抵雨が降っていない気がする…目の前でざぁざぁと雨が降っているんだったら、もうそれが雨なんだから、雨なんて言う必要ない…目の前にいっぱいあるんだから…わざわざ頭の中で思う必要もない…だから、「雨」って口にするときは、「雨」って思うけど、大抵雨が降っていない、そんな気がする……こんな密室にいるから、わからないんだけど、いま「雨」って思ってるってことは、たぶん外は雨じゃない気がする…「雨」………やっぱ、乾いた空気の中に響くよね、「雨」って…雨の中で「雨」って言っても、雨音にかき消されちゃうもん…やっぱり「雨」って言うなら晴れの日がいい、いや、曇りでもいいけど、とにかく雨降ってる時に言う「雨」は違う…「雨」…雨が降るんだよねぇー、こう、いろいろ濡らす…雨は、何かと濡らしていく…昨日、買おうとして、やっぱり、やめた、バイクの古いチラシも雨が濡らす…「雨」…雨を何回か溜め飲んだことがある、でも雨の味が思い出せない…雨はどんな味だったんだろう…なんで雨に味があるのか、いや、味ってそもそもなんなんだ？鉄を舐めたら鉄の味がするんだろうか…味…味のないものなんてあるのだろうか？涙でも感じたそれは全部味なのだろうか？　だから、雨を舐めたときに感じたそれはあったのだろう…それを、うまく、言葉にできないから、わからない…あったんだ、雨の味…雨の味はあった、それがよくわからない…「雨」…晴れの日に言う「雨」…雨の日に言ったかもしれない「雨」…じゃやっぱり雨の日に雨の話はしたくない…雨の話はすすんではならないんだな…だから、ここ最近は、ずっと雨の話はできてない…雨の話がしたいわけじゃないけど、さすがにこんだけ雨の話ができないと、そろそろ雨の話をしてもいいんじゃないかな、と、思って戻ってみる…ああ、今日も雨の話ができないかぁ…雨の日の話をするんなら晴れの日に限るからね、ま、曇りでもいいんだけど…ま、そこまで妥協しても、まだ今日の雨の話はできない…雨の話をしたいなぁ…雨の話をするために、今は目の前にあるって言えばいいんじゃないかって気もするんだけど、そういうことじゃない気がする…この雨を記憶にとどめて、その雨のことを言えばいいんじゃないかって気もするんだけど、なんかそれとは違う…雨の話っていうのはもっとこう、雨とは関係のないところにあって、でも雨がこの世になければできないわけであって、そういう感じ?全く関係ないわけじゃないけれども、そのまんまじゃない、雨と雨の話との距離ってのはそれぐらいのかんじで、まぁ、つかずはなれずのかんじか、ない時もあるときも全く一緒で…ちょっとズレてる…雨と雨の話……大抵…雨よりも雨の話が好きなんだよね、僕は…濡れたくないからね…まぁ、雨の話ばっかりされると、さすがに、雨が恋しくなるよ…というか、水を飲まなきゃいけないから、やっぱり雨の話ばっかりじゃダメなんだ…雨ばっかりのはなし…雨と雨の話…手のひらに収まるサイズの、消しゴムを、買っていって、手のひらに収まるサイズの消しゴムばっかり集めていると、よくよく考えてみると、大抵の消しゴムって手のひらに収まるから、どの消しゴムもほとんど買わなきゃいけないなって………あ、これ雨の話です…雨出てこないけど、消しゴムしか出てこないけど、でもやっぱり雨の話です…雨の話っていろいろあって、この前なんか、ニンジンを、小さく切って、玉ねぎも切って、カレー粉も入れて、コトコト煮込んで、ハイ、カレーの出来上がり、これも雨の話です。大抵、雨の話になっちゃうよね。だから、雨が降ると、雨の話ができないから、話すことがどんどんなくなっちゃう、それもいいんだけどね、話してばっかりだと疲れちゃうし。雨の話雨の話雨の話、雨。雨雨雨の話、雨の話、雨雨雨、雨の話、雨。雨の話雨の話、雨。…雨の話が水に濡れることはないからね。雨の話には水が足りない。いつもそう思う。…明日は二ヶ月ぶりに雨の話ができそうだ…もっとも、この二ヶ月で、雨の話を聞いてくれる人はほとんどいなくなってしまった。でも、雨の話は聞いてくれる人のためにするもんじゃないから、明日、雨の話ができる天気になったら、僕は雨の話をする。…雨の話…雨の話ができる時を待って、ずーっと雨を待っている…雨が終わるのを待っている…雨の終わりを待っている…ああ、勘違いしないでくれ、これは雨の話じゃない…いまは、まだ、晴れていない、雨の話には…だから、そう、雨の話には早い、ということだけ、考えて、静かに、静かに、雨の音を聞こう…ずっと、ずっと雨の音を聞こう…案の定、一個一個違うって、ありきたりの言葉と、そのありきたりの雨の音を一個一個聞いていこう、…雨の話、雨、雨、雨の音、雨、雨、雨、雨の音……初めて床屋に行った時のことをふと、思い出した

……これは雨の話なのだろうか

(19:03)

………………

80年代のクロスワードパズル

……（19:30）えっクロスワードパズルって売ってんの？あ、ホント。あれっ、買うもん？クロスワードパズル。あれっしょ？新聞のさ、ねぇ、広告みてぇなさ、よくわかんねぇ広告の中にクロスワードパズルってあるじゃん。買うもん？クロスワードパズル。クロスワードパズル、どこにでもあんじゃんねぇ？そんなー別に、ねぇ、タダでやるもんでしょ。買ってまで、買ってまでクロスワードパズルします？クロスワードパズル。え？どうなんすか？クロスワードパズルして。え？っていうか何？本が出てるっていうことは、買ってまでやってる、っていうヤツがいるってこと？けっこう。えーそうかぁ、クロスワードパズルそんなやりたいかぁ？あぁー何だろうなぁ？なんで俺、クロスワードパズルに引っかかってんだろうなぁ。何だろうなぁ。セパタクローするヤツがいるのは不思議じゃないけど、クロスワードパズルをお金、お金をさ、払ってまでするヤツってのは不思議だよなぁ。穴埋めでしょ、穴埋めをさ、なんかあのクイズだかなんだかわかんねぇ穴埋めを、していきたいってのはよくわかんねぇんだよなぁ。でもクロスワードパズル、クロスワードパズル？え？クロスワードパズルっていくらなの？いくら？いくらすんの？**1200**円？え？これは何？ひょ標準？標準なの？**1200**円。クッ、高いね、クロスワードパズル。いや、買うよ、それは絶対、クロスワードパズル。百万円でもいいよ、買うよ。百万円でもいいよ。**1250**…これはどうなの？クロスワードパズルのコレ。何かそのー**1500**円のヤツと**1200**円のヤツだったら、やっぱり**1500**円のヤツのがいいの？だから、クロスワードパズルのなんかそういうのあんのなんか。**80**年代はちょっとまた実験に走ったけど、**90**年代は日常性を取り戻している。なんか、そういーうのあんの、クロスワードパズル。そういうの、なんか。で、**2000**年代はなんかあの、細部にわたってのあのリアルを細分化してっから、ノイズが混じってる。クロスワードってのは、そう、クロスワードの中にノイズが混じってる、どう思う？なんか四角のでぇへん？なんか見えない、そんなん見えない。クロスワードの中にノイズが走るから。そう言いながら、それはそういうのでー、ハイ、もうノイズがもうノイズが。四角じゃないもん。これ、わざとだ。草書でかかれたクロスワードパズルとかぁんの?そこのところ読めないけどね。ぁっそーいう何かしら、クロスワードパズル、ハイ!そういうのじゃない?ある?あった!あったんだー?あーふぅぇえー、**80**年代?あ、やべぇな、大分はぇーじゃん。クロスワードパズルの**80**年代超やべぇじゃん。え、大分先行ってんじゃん。え、日常性の中のノイズを、微細に、取り入れて、ぅおお、うぉんもー、文字がぁ、んもー走り出したらどうする?うぉおお、つらいー、ホントホント、えー、あーホントホントー、でさークロスワードパズルってさー一風ーなんかさー、人に言えないところあるじゃんかぁー、でさークロスワードパズル人に言えないと思うからさー、結果なんつーの、あーどぅ、光くうだろぉー、なーんつぅーの、一人でやるからさー、あーじゃ、けっこうなんだかんだでクロスワードパズルぅー、とさ、照明セットで売ったりする?あ、あった、照明とセットで?売ってんだー、でも。大分先行ってるーぅ、クロスワードパズルってお前、ライトとセットで売ってんのー、へぇー、なんなら、なんなら青色**LED**吊るした?クロスワードパズルで?え?**80**年代?青色**LED**、クロスワードパズルでもう吊るした?**80**年代?ッヤッベーな、クロスワードパズルの**80**年代。つぅうおぉふぉん、え?すごいねクロスワードパズルの**80**年代。ヤバイヤバイヤバイなんなんなんスかなんスか?え?お昼に?クロスワードパズルの第一人者が?なんか、毎日12時から、12時、金曜日から、月曜日から金曜日まで、12時になんか、サングラスをかけて、お昼うたってた？え、クロスワードパズル、70年代？やべぇなクロスワードパズルの70年代。はぇ。え？お昼にオールバックでサングラスかけてうたう、って言うーのを、もぅやってた？クロスワードパズルが？70年代？やべーなクロスワードパズル、ヤベェヤベェヤベーな、ヤベヤベヤべ、えー？何それ何それ、えぇ、クロスワード、え？今？えっえっえぇぇっ？じゃ、いや、今クロスワードパズルどうなってんの？え、でも80年代にノイジーな時代で、70年代にお昼にサングラス、オールバックでうたうヤツがいたんでしょ？今のクロスワードパズル、どうなってるわけ？どこまで行けば気が済むんだよ、クロスワード、え！？お前、え！？ちょっと待って。70年代に、え、オールバックで、サングラスをかけてするクロスワードパズルから、ぬな、え、しゅっ、しゅ、10年？…30年？ちょっ今のクロスワードパズルはどうなってんの？今のクロスワードパズルはどうなってんだよ？え？こぇー、ようするに、それはアレだよ、未来予想図スリーだよ、こぇぇぞ、ほぉー、ほぉー、うぇー、どうなってんだ今の、今のクロスワードパズルはどうなってんだよ？ウェウェうえ、おぇー、ん？…ん？ん？冷奴に、マス目を、つけて、それーで、醤油をたらして揉む…そいつは先いってんのか？それは先をいってるのか？ノイジーな日常性を微細にやって、クロスワードをノイズに混ざってる、の先を行ってんのか？**80**年代からもう**40**年ぐらい経ってるけどそれは先を行ってるのか？え？どういうことだよ？え…じゃぁ、近々五合ぐらいの冷奴を、マス目にして醤油を垂らして、クロスワードを、にぃ？みたいな、そんな現実が起きるっつーのか、それは。ん？…ちょっと待ってくれ、それ不幸？ん？ん？不幸？そぉんそぉい、それ不幸か？ん？不幸か？不幸か？不幸かな？ん？ん？んー、お、え？え？…したしむし長いよねー、おー、うぇ、おー、うぇ、おーぉ、こーぉ、うぇー、ま、そっかそっか、じゃ、ま、見てみる…クロスワードパズルねぇ、遠くにいんだなぁー、そっかそっかそっかそっかー、んー、そっかー、そーなんだねぇー、**SL**古文ねぇー

(25:38)……………

シイタケ(OH!MY YUDIA!!)

……ヤァバイ…いろいろしゃべってるけど、しいたけのこと言うの忘れてたッ

(25:45)ヤッベー、こんだけしゃべっててシイタケのこと言わないのちょっとヤベェ、ヤベェとか、みんなヤベェ目で見てるわ、何でこんだけ言ってんのにシイタケのこと言わないんすかーって目で見てるわ、っとに、あっち見れない。なんで俺シイタケのこと言わないんだろー、俺ヤベェ、ぐぐぐぐぐ、シイタケのこと言わない、ヤベェヤベヤベヤベ、えーっ？なんであんだけしゃべって「シイタケ」って一個も言わなかったんだろー、俺。こわーいわー、どーしよー。普通出てくるでしょうよ、シイタケをよー、ったくをよー、何で一回も出て来ない？「シイタケ」がよー、何で出て来ないー、「シイタケ」がー、怖ぅー、ヤーレルーゥ、「シイタケ」がよー、あ、未だにやっぱり「シイタケ」って言えばわかるー、すぐバレるバレるー、「シイタケ」っていっぱい言えないから帳尻でいっぱい「シイタケ」って言うからちょっとすごぃすぐバレるーこっち見れない怖い怖い怖いあーヤダ怖い怖い怖い、あーなんで「シイタケ」言わなかったんだよー、もー、やっちゃぇよ、なん

か、言うと思うじゃんか、「シイタケ」ってさー、こぉの、「シイタケ」のことをさー、なんか「シイタケ」のやさしさって言うか、言うだろあるケース、何で「シイタケ」言わなかったんだろーなぁ、どーしよどーしよホントォどーしよどーしよどーしよ、もぉ俺、よしよし、「シイタケ」とぅうぇたー、あーぁぁあ、俺って「シイタケ」ってこんなに言わない人だって知らなかったぁー、知りたくなかった何も言わずにあーもぅ、「シイタケ」言わずにな、怖い怖い怖い、あ、こっちも向けないよね、なんで、ヤバイヤバイ、今すっごい「シイタケ」、やめてくれよ、ものすごい数に、今は、最後に、真面目に、花束を置かずに、「シイタケ」、ぺぺ、草履に、意味がなーい、あー、どーしよどーしよどーしよどーしよ、ヤベェ、シイタケ、あー今までの「シイタケ」、もぉすごい、すごいすごい、もぅこぅ、口が追い付かない、ねぇ「シイタケ」いっぱい出てくる、うぉん、はぁー、日付、大きな夢である、大きな欲、大きな欲望の中の大きな欲望、あーいや、どーしよどーしよ、俺、「シイタケ」って言えない、「シイタケ」って言えばごめんなさい、いっぱい出てくるいっぱい出てくる、今か今かと出てくるコレ、あーで、あーでぇ、レンジで、あーぶべぇぇぇぇ、あーべぇー、あーうぃー、あーうぃー、ユディア、ユディア、ぎゃーおー、すごいすごいすごいすごい、こんなに出てくる、あー、こんなにじゃがっ、こんなにじゃないのにじゃじゃってる、じゃー、ふんぎゃあ、こんだけあらわれてるのに、逆に側面が悲しみはじめる、こんなに俺は「シイタケ」って言えないのに、あーユディア、タランティーノの知り合いがこんなにいっぱい出てくるとは思わな、あーユディア、ユディアユディアユディユディだどたどたどどどどどどど、あーどぅ、どどど、あーシ、「シイタケ」「シイタケ」、あーどぅ、出てくる出てくる、ぅ…じゅ、だからだから、シ…「ジイタケ」っていっぱい言えることとシイタケのことは違うー、「シイタケ」っていっぱい言ってる割にシイタケのことまだ言えてないよぉー、この期に及んでまだ言えてないよぉー、「シイタケ」ってただ言ってるだけだよぉー、このシイタケのことまだ言えてないよぉー、難しいよぉ、「『シイタケ』って言うこと」と、「シイタケのことを言うこと」の距離を、すごく感じるよ、こんなに遠かったんだね、「シイタケ」と「シイタケのことを言うこと」の距離、こんなに遠かったんだね「シイタケ」と「シイタケのことを言うこと」の距離がー、あーぁ、シイタケのことが、なんで、言えないんだ。僕は、シイタケの、ことが、なんで言えないんだー、お前はなんにも勉強を、お題に飲まれた時点で僕はシイタケのことは言えなかったー、言えなかった場合を…うん！自殺だけは、しないから！他に…お母さんおかぁさんおがぁさんおがぁさん、自殺だけは、しないから…おかあさんおがあさん…シ、シイタケを、僕に、くださぁい、別に、僕、シイタケ、好きじゃないけど、シイタケを、僕に、シイタケを！僕にくださいよぉー、シィタケをー、あぁー、あー、あー、シイタケをって言うとなんか地井武男みたいで、なんだこれ、「シイタケを」と「地井武男」の違いがよくわからない、ぉいわからない、違いがぁ、よくわかってくれないらしい、シイタケ、シイタケ（**28:50**）……………………

（**29:05**）……だぁろ……こう、菌類なんだよな、菌類でさぁ、ほぐしてからさぁ、っ出してさぁ、それでさぁ、けっこう大きなヤツなんだよなぁ、それで、それーにまた、生き物なんだよなぁ、だから俺と同じでさぁ、それが絶えずいっぱいあってさぁ、そぅなんだよ……そうなんだよ、俺と同じなんだよ、でも俺はシイタケじゃないんだよ、それで、それがさぁ、時々さぁ、料理に出てきてさぁ、ということはだよ、それを箸でつまんでさぁ、口にさぁ、入ってさぁ、俺とシイタケは違うんだけどさぁ、でも、その時は一つになるってことなんだ、でも一つになるっていうことは、俺とシイタケが違うから一つになれる（**00:00 記録映像、3へ**）んでさ、それで、また、菌類なんだよな、胞子がいっぱいついてさ、それ、だったよな、シイタケってのは、そう……日光……水分……必要で……それも俺と同じで、だから、俺もまた、シイタケ……ではないんだけどさ、同じなんだよなぁ、そう、ああ、これが「シイタケのことを言う」かぁ……へへっ、シイタケのこと言えたぞ俺……シイタケのこと言えたぞ、俺……言えるじゃんか……シイタケのこと……シイタケのこと言えたなぁ……あぁシイタケのことが言えたぞ……あ、は。…プレイステーション買って。おかあさん。シイタケのことが言えたわけだし、プレイステーション買って。かぁさん。かぁさん。…ぶへぃ、シイタケのことが言えたことにー、プレイステーションくださーい。シイタケのことが言えたことにー、プレイステーションうぉくぅださーい。シイタケのことをさー、言えたんだよぉ？おかぁさん。言えたんだよ？…確かに普通の人はシイタケのことをこんな「シイタケ」「シイタケ」言わずにあっさりと言えるよ。でも「シイタケ」「シイタケ」って言えた後にやっとシイタケのことが言えた僕にぃ、プレイステーションを、ください。…ワンを五つ、ツーを四つ、フォーを七個ください。…それぐらい、いいでしょ？シイタケのことを言えた、愛する息子が、今こうして、生きて、いるの、だ・か・ら…いいでしょ、僕が生きて、いるの、だ・か・ら…ら・ら・ら………だね！言った………言った…あぅーん。そっかそっかそっか。おかぁさん、昨日のシチュー最高においしかったよ…あ、これはシイタケとばっかり言ってるのと関係ないヤツ、純粋なヤツ。言ってしまった。…やっと言えた！…昨日のシチューすごいおいしかったなぁ。なんか、かえってはずかしくなっちゃってさ、僕さ。…ホーントおいしーんだよ、あのシチューって思って。でもなんかいつもの「おいしい」と一緒だと、思われたくないから、なんか、それですごく伝えたいから、それ伝えるために、いっぱい「シイタケ」って言った。これもきっと伝わった。おかあさん、昨日のシチュー、おいしかったよ。…おかあさん、今日は母の日じゃないけど、いつも通り、生きてくれて、アリガトウ。おかあさん、ほんと、まあ。おかあさん、泣きも笑いもしないんだね。ホントウにそういう時って人って、泣きも笑いもしないんだねってことを、僕に教えてくれてアリガトウ。おかあさん。明後日の、ハヤシライスも、期待してるよ。おかあさん。でも、別に、この前の、シチューを超える、なんて、思わなくていい。いつも通りのハヤシライスが、いい。結果、それが、この前のシチューを超えたら、僕は、とっても、うれしいけど、いつも通りの味でも、いわんや、おいしくなくても、僕は、おかあさんが、好きだからね。…ちょっと言いすぎちゃったかな？…シイタケのせいだよ、ハハハッ。ね、ハヤシライスにしてもシイタケ入ってないのにね。でもウチ全然シイタケ、の料理ないね。おかあさん嫌い？嫌いなの？どうりで！そっかそっか。

(3:50)

手のひらを見る

（3:56）

手のひらを見る…今手のひらを見るとは、何回目だろう？…何回手のひらを僕は見ているんだ…あと何回手のひらを見たら、僕は終わるんだろう…手のひらを見る…手のひらをこする…手のひらが見えない…また手のひらを見る…手のひらを閉じてからもっかい手のひらを見るとこれはもっかい手のひらを見たことになるんだろうか？…手のひらを見る…手を伸ばす…手のひらを…伸ばして、手のひらを見て、手のひらの、しわを、見て…ああ、きっと手のひらは僕を見ていない…そんなことはずっとわかっている…絶対、僕を見ることのないものを僕は見ている…そして、その手をつかって、鉛筆を見る…その手をつかって、鉛筆は、いらない…ははっ、鉛筆が折れる…鉛筆が折れてるように、書くことをやめられない…鉛筆が折れて書いていても、書くことにはならない…じゃあ今僕は何をしている？…空振りをしている？…ずっと、書くの、マネごとをしている？…動きは一緒なのだ…ただ、鉛筆が折れただけで…折れた鉛筆にじらされる、かわいそうな手のひら…

それもまた僕だ…ああ、手のひらを見る…僕に見られる手のひら…僕に見られない手のひら…ああ、そっか…そういうことか…いや…そういうことじゃないのか…そういうことじゃないのか…ああ、そういうことだ…ハイハイ…そっかそっかそっかそっか…明日、**8**時に起きようと思ったけど、**7**時**45**分に起きることにする。…これは理由がある気がするけど、ないような気がする…これは手のひらに言ってるわけじゃないけどね、管。明日の予定はよく決まった。**7**時**45**分に僕は起きる。それ以外、何も決めない。それだけ決めて、僕は、ん、手のひらと一緒に眠るよ。明日の予定、**7**時**45**分に起きること。それだけさ。

(6:28)

NO TEXT#4

2018/09/23

はじまりはじまり

(0:44)

だから、あの、スッと出てこようと思ったんスけど、携帯電話の電源を切るのにこう、時間が掛かっちゃいまして遅れてしまいました。でも今、そのまんまの、ありのままのことをね、やってるんだけどね、こういうステージ上に立ってみるとね、ウソっぽく聞こえるけどね。もともと電源切ってたのに、なんかちょっとキューがほしいやらしさのために言ってんじゃねぇかっなんてね。ま、それを証明する術も、ないですし、ま、それが、ウソついたとして、僕を、裁くね、罪状、もないですし。別にいいんじゃないか、という感じでね。ハイ、あの演劇大変ですよね。水、飲めないですからね。やってる間ね。水飲む役なら、いいですけどね。僕はすぐのど渇くんで。ま、演劇出ることもないですけどね。もし僕が演劇出るんなら、必ず水を飲む役だけ、やらしてもらう、みたいな感じになりますけどね。で、僕、**humanbeing**なんで、全然水飲むんで。水飲むスタンスでやっていくんですけど、スタンスっていうか、スタンスも。水を飲むのにスタンスもなにも。飲むからね、水はね。だからそういう感じでね、え、でもわからないよ。飲みたくて飲んでるのか、何かそういういやらしさのために飲んでいるのか。それを証明する術はないんですけどね。ま、いたしかたがない。ま、しょうがない。

(2:00)

どっちの意味でおもしろい?

(2:00) 今、下でね演劇をやっておりましてね、あのモメラス、昨日あの、松村翔子さんがね、モメラスのね、あーのー、昨日アフタートークのゲストに出ていただいたんですけども。あの、松村翔子さんとね、初めて会った時、あの「モメラスおもしろいですね」って言ったら、「どっちの意味ですか?」って言われて。どっち?や、「そっち」を知らない。「おもしろい」って一個じゃん。おもしろいかおもしろくないかだけじゃん。うん、どっち?そっちのおもしろい?勝手にこしらえるな。知らんから、どっち?一個でしょ、おもしろいって。勝手にさ、ダメですよね?「**O**型っぽい**B**型」?知らん知らん。「**B**型」。「**O**型っぽい」とか、ない。こしらえんなっていうね。「**K**ー**POP**好きそうでー、でもー、ジャニーズが好きな風な髪形をして、でもやっぱ**K**ー**POP**が好きな、コが来るんです、これからー」。知らんわ。こしらえんなっつうの。「**K**ー**POP**好きそうで、でも、ジャニーズが好きそうな雰囲気で、でも逆に**K**ー**POP**が好きなの」知らん。いるのか?あるの?言えば、言えばあるのか?言えば発生する、みたいな。違うか?じゃ、俺も言っちゃおうかな。

あのー、「どんぐりみたいな雰囲気があってー、図画工作のことを考えながら九九を覚えて、かといって一番得意な物理が得意でー、でも英語がペラペラでー、でもー**Goodmorning**だけは絶対言わない、どんぐりがこれから来ます」…どう?言っただろ、今。言えばあるんだから。いない、いない、とか言うのがおかしい。言えばー、今ぐらいにはー。言えばいい。だから言わないっていうことは、要するに、いてほしくないわけ。思いつかない、言えないってのは違うんだよ。それはあれだ、いてほしくないだけなんだ。そういうことなんだよ。言えば、出る。そういうことだ、ハイ。あぁ。言えば。言えばいい。あぁ。っはい。…「ベネ、チア、みたいな、…心に、いつも、ベネチアの、風景を浮かべつつ、すごろくをやりたいという気持ちを抱き、**50**年間働き続けて、そして、魚のように眠り、鳥とともに歌い、大地のように眠り、そして、死んで、生き返った、ゾンビにも似た、やさしさも持ち、ただ、ただ、ひたすら甘い、…アンパン」、一つください。百円払えば買えるからねー。言えばあるし、百円払えば、買える。そんなもんス。

(4:55)

(This is not a)水を飲む男

(4:57)（**水の入った水筒を持ち、聴衆に向かって**）さぁ、お待ちかねの水飲みタイム。本当に飲みたくて飲んでるか？それとも演出上のあれか？とくとご覧あれ！（**水を飲む**）演出かな？でも本当に入ってるよ！本当に僕の中に入っているよ！信じてくれよー！本当に僕は水を飲んでいるんだー！舞台の上で起こってることは現実の応える昼なんだ！あなたたちなのかー、あなたたちが見てるならそうすればいいー！でも俺は飲む！（**水を飲む**）演出か？本当に入っ、ウソかな？（**水筒を聴衆に掲げ**）これは水を演じている何かかな？水を演じている何かを飲むのを演じている俺か？どっちだ？さぁ！しかし、しかしだ、（**自分の喉元を指さして**）こっから先は見えないぞ！こっからさきはフィクションだ！どうする？どうするんだよー？ぉおい。そしてこっから先の展開は、無言で刻んで考えてない。どうする俺？どんな言葉を紡ごうとして水は入っていくんだ？ここで俺と水は同じ位置にいる。今、俺は水だ。（**水を飲む**）同じだぁ。一緒になっている。っ水だぁ。一緒になっている。…僕はね、人を愛したことがあるんで

106

すよ。ホントかな？いや、でも愛してるんですよ。でもね、本当に水をね、飲んだことはないね！どんだけ愛して！女も！僕は飲んだことがない！ましてぇ！飲まれたこともない！僕は水を愛していない！だが二百歳の水が！愛が水だと言いきれるのかぁ！なんでこんなことになっているんだ、ぁ？だからねー、言ったからねー、愛と水は関係ないって言えば発生するんだよねー、言ったからねー、言っちゃったからねー、ハイ！ハイハイ（**水を飲む**）…こんだけ叫んだから普通に飲みたくて飲んだんだけど、信じてくれない人も一人ぐらいいるんだろうな

（7:06）

107

NO TEXT#4　2018/09/23

下ネタfrom部下to上司(men's version)

(7:10) やー、あーのー、ね、まぁ、諸説はあるけども、やっぱり、弱者がね、こう、搾取されるっつうのはよくないよ。なんだ、案外偉そうにセクハラ、ね、よくないよ。ね、あの飲み会で、下ネタっかな。下ネタはね、おもしろいヤツもあるんだけどね。や、でも、それ、強者だから弱者だから、ま、なんやかんや言ってね、男性中心社会ですし、男から女性にって、やっぱそういう風になりますし、同性同士のね、んふう、上司から部下ってのもなんかね、ちょっとちがーう、なんかね、そうですね。だから、やっぱり、逆だったら、正直なんかね、おもしろいとこあるんですよ。そおいうのってね。だからなんつーのかね、下から上、っつーのね。下から上に言う分にはね、いいんじゃないかなって気はしますよね。**(7:54)**……**(7:58)** あっ、へー、お子さん、来年小学校？これけっこうアレすね。あー家事分担も**5**:**5**?**5**:**5**って難しいですよね。そっかそっか。ま、でも限りなく、完全な**5**:**5**はないけど、限りなく**5**:**5**に近い感じでやってる？あー。ま、そうですね。だから、絶対**5**:**5**じゃないとって言ったらモメちゃうから、限りなく**5**:**5**に近い感じでやっていこうよ、みたいなね、ゆるさはほしいですよね。えー。…そんな部長もさ、あのー、え？どんなキスするんですか？部長は？ね、本音。っふふつ。いいじゃないですか。飲みに入ったら、ねぇ。どんな？どんな時にキスしたくなるんスか、部長は？ねぇ？部長は、ね。ねぇ、部長。…肩幅が広いっスね、部長。部長、ねぇ。え？え？っ何となくって、それ何スか？何となくに逃げちゃダメだ。何となくに、なーんだ決断力ないな、部長。なーんだあの時のビショビショし…、ミシミシミシしてる部長ってなー、そんなとこで、なんとなくだよ、それー、それはないッスよー。じゃ、なんで僕誘ったんスかー？それに答えられないのに、なんで僕誘ったんですかー？部長ー。じゃ、いッスいッスいッスいッスいッスいッスいッス…じゃ、最初のキスは、何味スか部長？いいっしょ、いいっしょ。過去の、過去の話。過去、あ、逆に事情がある？じゃー、じゃ、二十歳越えの、ハタ、二十一歳の夏の時のキスの味教えてくださいよ、部長。部長ー、今度お子さん小学生っしょー？答えなきゃダメっしょ。そーんな、そんなね、キスの味も答えられない父親、僕やーだぁ。僕、部長の子どもになりたくないっ。ね、わかるっしょ、大人でしょ。大人でしょ、ぇ？忘れちゃった？あーあ、ヤダ、ヤダ。決断力のない人。ぁーヤダヤダ、部長はホントにヤダなぁ。決断力がないなー。何？仕事中あんだけ決断力のあるの見せたから、今の前フリ？僕考えすぎ？ヤダなぁ部長。考えすぎ。僕に考えすぎる部長ヤダなぁ。あー、ホントヤダ、部長。はー部長。あー。あー…タコわさのペースも落ちちゃって、部長。ねー。なんかさー、飲むためにタコわさ頼むってのが、部長のカワイイところですよ、ねー。……………………………部長、まつ毛けっこう長いッスね。…あ、部長…部長…もっと…ちょっと、そういんじゃないそういんじゃない…ってか、今現在、そういうんじゃないんで…ちょっと、ちょっと部長のまつ毛見てもいいスか?…ちょっと、ちょっと、あ、ちょせつないス…あかんです。……………………………うん、これダメだな。セクハラはやめよう!

(11:07)

戦争自体賛成詩
(INOCENT MIX)

(11:20) ま、こんなね、人いっぱい来てもらったんで言うわけじゃないんですけど、あの、僕ね、ちょっと、…ちょっとなんか…世の中がウソ、好みで言うとアレ、恥ずかしいんですけど。僕ね、戦争好きなんですよ。あ、違う違う違う、そういう、パワハラとかセクハラとかじゃないです。そうです、パワハラとかセクハラとか差別とかは嫌いです。あの暴力とかも嫌いです。あの、そういう暴力的なヤツはちょっとダメなんですよ。っじゃなくてー、もうちょっと、なんていうのかな、平和的な、人傷つけない系の戦争、っていうの、僕好きで、っホント好きです。だからホント…暴力**NO**!戦争**YES**!差別も**NO!**戦争**YES**!…純粋に戦争が好きだからぁ、お金のためとか、そういう、…戦争に政治を持ち込まないで!もっと純粋に戦争、…もうね、勝っても負けてもいいじゃん！戦争いいじゃん、さぁ！勝ちとか負けとかの手段のための戦争、やめよう！純粋に、戦争を、しーよお！日本に軍隊はいらない！戦争をしよう！…ま、でも、できるんだから、戦争。いいから、純粋にね。…あの、こんだけ戦争戦争って言うと、もう、口がもう戦争で、…なんか逆に、あ、なんかもう、しょっぱいもの食べた後甘いもの食べたくなる、みたいな感じで、ちょっと…やっぱ反戦も好きなんですよ、僕。実際のところ、もうすごい戦争、口が戦争だから、おぉ〜もう、戦争戦争戦争戦争戦争…反戦もほしい、みたいな、ね。今ちょっと反戦が抜けちゃってるんで。僕、今ちょっと…これ言うのアレなんスけど、戦争と同じぐらい反戦も好きなんです。あ、違う違う違う違う…平和のための反戦とか超嫌い！純粋に、反戦が好き。…っとに、平和**NO**！反戦**YES**！…平等**NO**！反戦**YES**！…ねぇ、純粋にいいもん、反戦を。何かのための反戦とか不潔！純粋に！反戦しよう！…ねぇ、そうなってくるともう、純粋になるもん。…もっと純粋になれる戦争と反戦を言おうぜ！…そぅだぞー、そうしなきゃウソだぜ。お前よぉー。今、「ウソだぜを」って言いそうになっちゃった。わかんないけど。せっんそう、いいのよーもう。…え、戦争と反戦どっち好き？…結婚するなら戦争、付き合うなら反戦。ちょっとさ、なんかさー、案外戦争ってー、ホント粗野な感じ、あるっけどおー、案外そこが頼れるっていうかー、なんかやさしっ。戦争ってちょっとやさしいとこありません？ありますよね、けっこう。なんかやさしっ。みたいな。だってずっと起きてるじゃないですか、戦争ってー。なんだかんだでー。じゃなんでずっと起きてんのかって言うと、やさしいとこあるからじゃないですかー?だってやさしいとこないとー途中でやめちゃいますもん。だってやってんの人間だからー。やさしいところで絶対戦争やってまーすもん…だからちょっとやさしいんですよ、戦争って。わたしわかるんですっ。そこいくとねー、反戦ってさーだから、付き合ってさ、よく言うのが、反戦団体がけっこうパワハラするっていう、そういうのあんじゃん。だから反戦ってけっこう結婚に向いてると思ったら、実は全然向いてないんです。ってもそういう感じってある種セクシーっていうか。だから反戦セクシーだから、やっぱ付き合うなら、アバンチュールなら反戦っみたいな感じ。で、これちょっとー、五人ぐらい反戦と付き合ってんだけど、まぁ、結婚する気はないかなって感じ。で、五人ぐらいの反戦を、まわしまわしで、やりながら、ちょっとーぉ、お目当ての戦争の方、チラッチラッ見ながら反戦を全部やる感じで。戦争と反戦が選べるなら、ね。純粋に。純粋に俺らだって聞きたいよなぁ。ホント…想像してごらん、空気も水も光も…人も言葉もない世界を。ただ、戦争だけがある世界を。…え?人がいないと戦争ができないですか?じゃあ、ブッシュ好きです。え?人間は戦争ですか?ぉおーそっかそっか。…人間が戦争を肯定する?戦争が人間を肯定する?（15:27）

こんな普通の私

(15:40)

いやーね、このように普通の私でありますけれども、このように、皆と同じように、皆と同じように、人それぞれ違う普通の私ですけども、これが普通の私であることを誇りたい。そりゃそうだ、あなたとは絶対的に違う。あなたとあなたが違うように、同じように違う自分を誇りたい。普通の自分を誇りたい。ご覧のように普通の私ですよ。ご覧のように普通な私が、何故か、台の上で、このような動きをしている。私が普通であることと、この動きは関係ありません。関係はあります。関係ありません。関係はあります。関係あるかな？関係ありません。この動きがこの言葉を生み出しているのかな？どうなのかな？この動きをやめてみよう。案外しゃべれる。じゃ関係はないのかもな。何故か言えるのかな？関係はあるのかないのか。なんで言えるのかな。とにかく俺が何を言いたいかというと、こんな普通の私でありますから、こんな普通の私の心を掘りたい。この世は普通の私の、フユっともっと見てもらいたい、普通のあなた方に。足取りひとり違う、同じように一人ひとり違う、普通のあなた方に見てもらいたいということですね。だから

114

端的に言おう、俺は普通の人間、一言で言えば、神だ。

(16:48)

NO TEXT#4　2018/09/23

思う人はいる

(16:57) **(ペットボトルに入った水を飲んで)** こんなにしゃべる奴は、普通に飲みたくなるよね。それでもやっぱり、演出上のアレとか思うんだよね。だってコレ、透明、透明だから、奥の人はたぶん、入ってないって思う人もいるよな。それを、証明する、ま、術はあるよね。あそこまで行けばいいんだよ。それなんかちょっと違うんだよね。即興だから、そういうのなんか違うかなって思っちゃう、思うんですよ。そういうのやってみよ、おぅぉうおお、いい **(17:21)**

Q&A

(17:30)

「好きな色は何色ですか？」

「緑です」

「何か英語を言ってください」

「Goodmorning」

「まず、こんにちは、と言ってください。そのあとに何か一言言ってください」

「こんにちは。小さくて大きな蛍さん」

「鼻の穴が大きい女性と耳の穴が大きい男性。ドラマーにするならどっち？」

「耳の穴の大きい女性」

「インド人、という言葉から一番遠い単語を教えてください」

「パキスタン」

「星が輝いています。あの星の輝きとあなたは、関係ありますか？」

「関係あります」

「一番、黒いものを想像して、ずっとずっと想像して、想像しきった後に、何か言ってください」

「…………………………課長に雰囲気ビンラディンっぽいとこありますよね、って言ったんだけど、これ何ハラだろうね？」

「日暮里、西日暮里、上野。あなたが一番メロンパンを買いたくない場所はどこですか？そしてその理由を言ってください」

「西日暮里。な、簡単な場所で。あっ西日暮里でメロンパン買うとか、簡単な場所じゃない？や、上野でメロンパン買うのもなんかね、わかんないけど、日暮里でメロンパンとかなんか、わかんない悲しいじゃないですか？西日暮里でメロンパンってなーんかさ、じわじわ…ちょうどいい、西日暮里とメロンパンがちょーどいいからー、丁度の良さが気持ち悪いって言うかさー、分かります？気持ち悪さがないのが気持ち悪いって分かりますか？分からないスか？だからそこなんスよ。

俺こーんだけ丁度いいのに、この丁度のよさが伝わらない感じが、西日暮里のダメな感じっスよねー。」

「U・S・A！U・S・A！……今私は二回言いましたが、好きな回数言っていいですよ。」

「**U・S・A！U・S・A！U・S・A！U・S・A！U・S・A！U・S・A！U・S・A！U・S・A！U・S・A！U・S・A！U・S・A！U・S・A！U・S・A！U・S・A！U・S・A！U・S・A！U・S・A！U・S・A！U・S・A！……U・S・A！U・S・A！U・S・A！U・S・A！U・S・A！U・S・A！U・S・A！U・S・A！made in Japan.**

……何回言ったのか忘れました。ごめんなさい」

「月がとてもキレイな夜ですね」

「いいえ。この月は全然キレイじゃありません。あなたを愛しています」

「なぜ陸上部をやめたのですか？」

「見た感じ、走り幅跳びに向いてるなぁって思ってて、だから、逆に、**100**メートル走の選手を目指していたんだけど、周りがなんか、どっちかつーと走り幅跳びに向いてない？っていってくれると思ったんだけど、いってくれなかったんで、むしゃくしゃして、やめちゃいました。どうしたら戻れますかね？」

「んーやっぱそこは、おっきな声でごめんなさい、じゃない？」

「日本が平和になるにはどうすればいいですか？」

「あの『バルス』って知ってます？魔法をドーン…。僕、魔法の言葉よく知っています。言いますね。…**USA**」

「キャラメル、キャラメル、キャラメル。今何回言いました？本当にその回数でいいですか？間違いなら、殺します。本当に何回言いましたか？僕は、本当に、殺します。そのことを踏まえて、どうぞ」

「**3**回です。あなたが勝ちです。あなたを殺します」

(24:13)

Truth said…

(24:33) 耳のさぁ、真実の言葉とか、なんか、聞いちゃうんだよね~。真実が言えばさぁ、なんか本当って思ってない?真実がさぁ、ウソでもつかないなんてさぁ、本気で思ってない?真実だってさぁ、たまにはウソつく時だって、あるんじゃないの?え?つまりだよ、「俺真実」っつってんの、見てる、んじゃないの?俺が、結局、真実のことを聞いてる、俺が、君が、真実のサンバだ、みたいな。何、「ある時代の賛美だ」、みたいな。「俺、ある真理」みたいなこと言うんでしょ?のでもさーそういうのって危険じゃん?真実がさー一回も、ウソをつかないなんてさぁ。おかしくないかなぁ。っていうか俺はなんていうか、もっと真実のことを考えているっていうかさぁ、真実がウソをつくことだってあるわけだしー、真実だってウソついたっていいわけだよ。俺聞きたいもんね、真実がつくウソ。っていうかもう聞いてる気もするけどー、聞いてないかなぁ。真実けっこうウソつくんだなぁ。っていうか、ウソも言えない真実よりも、ちょっとウソつきな真実の方が、好きっ…みたいな。ま、わかんねぇけど。あーま、わかんない。わかんないけど。あーそうそうそうそう。ま、いいけどね。あんたらが眠る時、真実は言うだろう、「また騙してやったぜ」って。

(26:00)

ちょっとずつお前がいらなくなっていく

(26:10)なんか、なんかちょっと疲れちゃったなぁ。はぁ…疲れちゃった。ちょっと休も、休もうかな。**NO TEXT**だからな、別に休みなしとか書いてないからな。休もうかな。休んじゃう。ちょっとチェンジします。**(水の入ったペットボトル掲げて)**今から彼が本番やるんで。**(ペットボトルを目の前に置いて、寝っ転がる)**休みます。

(身を起こしペットボトルに触れ)お疲れ。代わる代わる。いや、立派だったやん。堂々としてたぁ。うん、ステージの前で堂々としてたぁ。みーんな見てたよ。こんなみんなに見られるの久しぶり?ホントいいねー。ホーント。ずっと飲んでるしー、ホーントお前なしじゃやってけないしー、何より透明なのがいい、透明なのが一番信用できる。ホーント、いい。ホントにいい。ホントにいい。ホントにいいお前をさ、どんどんどんどん飲んでいってさー、いいからさー、お前をどんどんどんどん飲んでいくんだけどさー、だけどさー、どんどん飲むけどさー、飲むほどにさー、お前はゴミに近づいていくよね。俺はお前を欲すれば欲するほどお前をゴミにしていくよねー、そういうのわかったうえでココ来た？俺がそういう奴だってわかって、ココ来た？**（水を飲む）**…**（ペットボトルを持ったまま）**中身で私を見てくれないって言う人いるけど、俺オメェの中身しか興味ねぇから。…おぉん、悪いけど俺、お前の中身しか興味ないから。あぁん。中身だけしか興味ねぇの、俺。…ヒドイ男？…中身に興味のない男もヒドイ男？中身にしか興味ない男、ヒドイ男？あぉうーん、バランス？あーハイハイハイ。なんかバランス、バランスって言いすぎてさ、毎回毎回バランスバランスって言ってバランス崩した人がいるね。ま、バランスもね、ほどほどにバランス外さないといけないよねー。…ちょっとずつお前がいらなくなっていくね。ちょっとずつお前がいらなくなっていく。お別れの時間が来るのは問題ない。ちょっとずつお前がいらなくなっていく。はぁー透明でねー、君ー。透明だからねー。…透明だけどねー、ちょっとずつふわふわになっていく。こんだけお前を欲しても、何もなくなったら、もう、何の役にも立たないからね。**（水を飲み、ペットボトルの蓋をしめ、置**

く）…ま、その時までね、仲良くやりましょう、や、っていう、ヤツ？そうそうそうそう。（29:06）

motemath

(29:15) いやー、わたしだから、そんなー、モテないですよー、わたしー、だからー、そんな、だからー、そーいうのないですよー、だからそのー、うーん、だから、や、確かにー、そおいう風な、ことを言い寄られないことはないです、確かに、ん、まぁ、確かに、だから、あー、あぁ、ああもういいや、ハイ、ハイ、モテますモテます！ハイ、モテます！いいでしょ？モテま、あー、いい、いい。いいじゃん、いいでしょ。モテます。モテます言ったからもういいでしょ？…うーん、あ、モテますモテます、はー、いー、(00:00記録映像、2へ)あ、で、もう、ハイ、わかってるんですよー、別に、そういうの、別にわたしよりモテる人がいるってこと、わかってるし、っだしー、やーだ、なぁ、言い寄ってくる男も全然興味ないし、や、というか、言い、興味がある男に限って言い寄ってこないんだわー、これー、なんだこれー、みたいなのもあるわけじゃないですかー、っそういうのあるでしょ？あーハイハイハイハイ、そもそも言い寄ってくる人もひっとりもいないっていう人もいますねー、わかりますわかりますわかりますわかります。ただその中で、男にいっぱい言い寄ってこられてほしいなぁって思いつつも、言い寄ってもらえない人もいますよねー。確かに、その人と比べたら、私モテますーー!ハ、イーー!いーでしょ!それでー、もー。ハイハイハイハイ…なぁんだぁ、だからその、私たちみたいな、あ!モテるでいいです、モテるで、あーぅん、ぅん、え?えー!?モテるってなんかこんなおもしろくないのー、イタイタイイタイ、モテるってなんかホントに、もうしらな…なんで?なんでこんなおもしろくないのー?あぁもぅ、なんなんだろうなぁ?モ、タ、タ、タ、ター、あー、あー、なんかな、どれぐらい?え?何?あー、ぬやぁんやぁん、え、な何なの、えーとぉ、うーーーん、だってこれ、うーん、だから、うたのおねえさん以上アウンサン・スーチーさん以下ぐらいの感じでモテる。それぐらいの感じでモテる。いいじゃないですか。それぐらいの、もう、やあーんなっちゃう、もう、モテるの。まぁそんなこと言っちゃってさー、べべべべべぇー、あー今日チンゲン菜つくろ、こんな日絶対チンゲン菜つくろあー材料がない、買いに行かなきゃいけない、あーモテの話とかするからだよーアイツが、あーなんでチンゲン菜買いに行かなきゃいけないの?もーおヤーダヤダヤダヤダヤダ。チンゲン菜なんか食べる気なかったけど、なんかモテの話したから、チンゲン菜食べるってことになってる、これはもう絶対に。理由とかじゃなくー。ってかそれが理由なのかもしんないけどー、あーヤダヤダヤダヤダ。何でチンゲン菜食べなきゃいけないのー?あっもうだから、チンゲン菜食べる勉強をしなさい。あっなんでこんなチンゲン菜出さなきゃいけないワケ?チンゲン菜ももう、っていうかそもそもチンゲン菜とか言うけど、そんなチンゲン菜の材料知らないから、知らない料理調べるとかやんなきゃいけないからー。ねぇ。クックパッドでチンゲン菜の材料調べるのやってー、スーパーで材料買ってつくる、あーあぁあー、モテる話したからだよねー。あべべべ、チンゲン菜とか作りたくないけど、もうチンゲン菜食べるっていうわけー、わかる?わかる?なーんで、それもわかってくんないの?今モテの話じゃないじゃない?モテの話じゃないんだから、これわかってよ。チンゲン菜つくりたくないけどチンゲン菜食べたい気持ちぐらいわかって。あーーだるいだるいだるい。なんでこんなに同情してくん、ないの?ヤーダヤーダヤーダヤーダ。もうどんな話、づめり、チンゲン菜つくりたくないけどチンゲン菜食べたい気持ちわかってくれる?なーんでなーんでなんで、なーんでわかってくれないのなーんでなんでででででで…あ、これニューバランスですぅー、…ありがとうございます…USAです…そそそそ…最近の、なんかABCマートとかで売ってるような、日本製のヤツとは違うんです、あの一万円以内で売ってるやつとは違うんです。わかってました?えーなんで全部に、え?ニューバランスくわしいんですか?三足持ってる?全部USA産?え、そんなそれも、だだだだだ

だだだだ、やーめぇ、変更大きかったと思うけど、え？ぐににぐにぐに、グレーはもちろん、だ、でもねぇ、大き過ぎ、ヤダヤダヤダヤダ、すごい天然素材、割けると思ってる、で、ヤダヤダヤダヤダヤダダダダダ、え？ゲンゴロウ手でつかむ？え何すごいすごいすごい、ゲンゴロウ手でつかむんですか？ヤダヤダヤダ、ほん、気迫、なんだー予定の話と神経性の話が全部言えないじゃないですかー、ヤダヤダヤダヤダ、次何がいい？言ってください、言ってください、言ってくださいよー、え？言ってくださいよー、言ってくださいよー、ネネネネネネ、え、言ってくださいよー、次何をするんですかー？、いやいやいやいやいやいやー、え？血液型占い？やんの？好きですねー、血液型占いですかー、あーなんか、いろいろべべべべ、血液型占いのあと絶対モテの話になるんだよなー、なんか女に聞くと絶対そうなってくるのー、え？血液型占いの話するわりに、CMの話ししない、恋愛の話スルー。あたらしい、あたらしーい、もっと進研ゼミをうかがい知れる、けっこういい感じ？理由は？あーヤダヤダヤダ。え？ニューバランス三足持ってるけど、別にファンってわけじゃない？あーぁ、やだな、ヤダヤダヤダヤダ、ヤダ、私より新しい人いた、ホントやだ、私より新しい人に会いたくなかった、新し過ぎるのも困る。新しいのはいいけど私より新しいのは困る。新しいのはいいけどそれじゃ困る。あたしたちパートタイム…いや、ていうか一番じゃなくてもいいけど、ま、せいぜいベスト**5**には入りたい。あなたが入ってもしギリギリ感状態、ファンクの**E**になっちゃうかもしれないじゃないですか？そんなことばっかしないようにお願いしまーすぅんすぅんすんすんすんすーん、はーヤダヤダヤダ、ヤーダヤーダヤーダ、フリスク食べよフリスク食べよフリスク食べよ、あーヤダヤダ、もうチンゲン菜とつくれちゃう、も、もっとけ、このフリスク、あ、あーフリスクやれば無問題、わかんないわかんない、フリスクつくる、あ、フリスク好きだ。もうチンゲン菜の材料わかんないけど、フリスクつくっちゃおう。調べて。調べてフリスクつくっちゃおう。そしたらけっこう新しい。けっこう私らしい新しい私。私らしいわたらしい私。わたらしい私。あ、ぼ…あーヤーダヤーダヤーダヤーダ、ヤーダダダダダ、あーヤダヤダあ、ダダダダダっあーっ…………………っていうのがありまして、星をみたんです。

そして、またここ、見返したら、このーまるいイスが、ろくろを組むのにいいかなかなって思って。

それで、私、陶芸はじめました。

(5:08)

黄色っぽく見える風

(5:22)夢を見ているような気分。夢を見ているような気分の夢を見ることなんてあるのだろうか？夢の中にいる時は夢を見ているような気分にならないような気がするが、夢を見ているような気分で死んで、これは夢じゃないんだと思っていて、現実のように生きているかもしれない。まぁ現実の中にいるっていうのも現実のように生きるって思うわけじゃないから、どっちが夢でどっちが現実かなんて、もうイーブンでわからないんだけど、とにかく、夢を見ているような気分…………風が吹いていて、なんか、その風に、色がついているような気がして、いや、風に色はついていないし、色がついていない風を見たんだけど、確かに見たんだけど、目では色がついていない風を見たんだけど、でもなんか、色がついているような感じで、で、目では色がついていない風の色は、黄色で、その黄色い風は、セブンイレブン横にあっていて、よく見たよなぁーって思った時に、風が一吹き。ま、風って一吹きって言うのかよくわからないんだけど、まぁ、一回しかセブンイレブンに、ホントは色がついていないけど、黄色っぽく見える風が吹いたんだけど、一回だけ、セブンイレブンと黄色っぽい風が、コラボレーションしているのを見たんだけど、もぉそれ以来、全然黄色っぽい風は、なくて、ただの風で、それをずーっと待っていて、ずーっと待っているとまるで夢を見ているような気分で、……あーって思って、だけど、その、黄色っぽい風がセブンイレブンに吹くのを待っている。二時間待っていると、もし誰かに見られたら、セブンイレブンの角で、ずーっと二時間待っている僕は、まるで夢の中の人物になっているような気がするが、昨日セブンイレブンに行ったら二時間角の所に立っている男がいてさ、って言ったら誰も信じない。だから僕は、まるで夢の中の存在のように扱われるだろう。夢を見ているような気分になっていたら、まるで夢の中の登場人物になっていた。これはよくある話だ。よくある話で言えば、蚊を殺して、蚊を殺して、蚊を殺して、手が汚れたのが嬉しい。そういうこと、ないの？手は汚したくないんだけど、蚊を殺す時だけは、手が汚れていてほしい。いや、殺すのも、手が汚れないのもいいもんじゃない。なんだ、蚊を殺す実感がほしい。蚊を殺すのに、実感だけがほしい。そもそも手が汚れるなんてのは、加工してないってことだからね。自分がこんなに蚊を殺したい人間だとは思わなかった。全く思わなかった。だからって何が変わるわけじゃないんだけど、自分は、蚊を殺したい人間だってことに気づかれないで、こう、生きてきて、お金を稼いで、そのお金で、ご飯をたべて。時々蚊を殺して。無意識に蚊を殺して、意識的に蚊を殺して、とにかく、そういう、よくある、話。よく考えてみたら、よくある話ってあまりしなかった気がする。よくある話なんかしねぇな。だから、よくある話をした話は、よく、ない話だ。とても珍しい話だ。だから、なぜ、今って思ったけど、なぜ今って思うから、よくある話をする時は。だから、なぜ今?って時が、今なんだと思う。「なぜ今?」って時に言わないと、一生よくある話はできないんじゃないか?だから、今、よくある話を………。よくある話を、聞いている君を見て、よくある話を聞いていた君がいたなんて…もう、よくある話を、聞いてくれる人はいなくなって、じゃあ、家に帰って一人、よくある話を、言うのか?聞いてくれる人がいなくたって、よくある話はできる。じゃあ、どうしよう?君がいなくなって、はじめて、かえる。今日、君がいなくなってから、初めて帰りました。マンションの家。ドアを開けると。**1**階**2**階**3**階と上がっていく。玄関にたどり着いた。玄関を押し家へ。君がいない。どうする?聞く人がいない。よくある話をする。しない。する?しない?する?しない?いつの間にか顔に。口が、少しずつ開いていく。その勢いで息を吐けば、よくある話が、してしまいそうになる。息を吸い込む。吐く。言葉が飛び出る。…レモンを買おうとして、ライムを買おうとして、悩んだ挙句、キムチを買った話をしてしまった。よく考えてみたら、これはあまりよくある話じゃなかった。とりあえず、僕は、大きく深呼吸することにした。

(11:33)

そうなる、ああなる

（12:23）…はぁーん、なるほどねぇー、そっかそっかそっか。そっかそっか。そうなるってことは、ああなるってことで、ていうか別に、そうなることを期待してるわけじゃないんだけど、だからああなるっていうわけでもないんだけど、まぁ、そうなる、かー、そうならないからどうなる？どうならないからどうなっても、いいんだけどもー、いいんだけどもーっていうとそうなるからー、そこに抗いたくてー、だから別にー、そうなるのが嫌なわけじゃないんだけどー、そのままだとそうなるのがー、なんかー、決定的だからー、どうにかしてああなるようにしようっていうかー、この時点で「そうなる」は別に悪いことじゃないんだけどー、なんかそうなる雰囲気になったことに気付いたから、だからこの時点で「そうなる」は、俺にとってできねぇ。別に「そうなる」自体は好きじゃないんだけど、今この瞬間「そうなる」は敵だから、今必死で「ああなる」の方向に持っていこうとしているの。だからこれはどう見たって、どう見たっていいんだけど、こんな僕を見てこうなってると思わないでください。今僕はこうならないように必死で頑張っているのだから。だから、せめて、僕を見ているのだったら、こうなるなんて思ってなくて、ああなってんだ、ああなろうとしているんだっていう僕を見てください。そうなってる、とか思わないでください。だって今の僕にとってわからないけど、「そうなる」は敵だから。絶対的に敵だから。そして「ああなる」が味方じゃないけれども、敵の敵は味方という観点で言えば、今の俺は「ああなる」しかない。別に「こうなる」ってわけで、とにかく！ 「ああなる」「こうなる」は俺の味方。「そうなる」は絶対的に敵。「ああなる」「こうなる」は絶対的な味方。「そうなる」は絶対的に敵。「そうなる」じゃないの、アンドロイドさん。そうなるじゃなければなんでもいい。ああなってもこうなってもどうでもいい。そうならなければいいんだよ。そうならなければー。どうするんだー。どうなるんだーおーい。これもそうなるかー。そうなるって決まってたのか？イヤだね。そうなることだけはイヤだね。絶対的に。絶対的にそうはならないよー。わからない。俺はどうすればいいんだー？こっちに行けばそうなりそうな気がするー。あっちに行けばこうなりそうな世間、気がするー。なぁなぁ。こっちだな。こっちに行けばこうなる気がするから。いや待てよ。これは「そうなる」のトラップかー?だったらー、間をとってこっちだ。こっちに行けばぁあなりそうな気がするー。そうなりさえしなければー、俺は!いいのさー。そうなるから、今の俺にとっては出来高が、おおっとぉ、まっすぐ進んだら、壁にブチ当た、おおっと危ないそうなっている。歩けばいつかは壁に当たる。これはまるで棺桶に染まっている。壁にぶつからないように歩かなきゃ。歩いて、壁にぶつかる、これは完全にそうなっている。だから、壁にぶつからないように、歩く必要がある。壁にぶつからないように歩かなければ、そうなることにならない。ただ!今、このことを言ったから、「あっ、あの人、壁にぶつかったらそうなるってわかってるから、それを回避するために、壁にぶつからずに歩いてるんですってー」ってなったら、それがまたそうなってしまう…。どこまでもついてくるなぁ「そうなる」は。…ストーカーかぁ?はぇーよ。今必死で考えた。そうならないように必死で考えたよ。その一つの結論が、「壁にブチ当たらないようにして歩く」。歩き続ける。そうだったのに。またすぐ「そうなる」がやってくる。…はぇーよ、「そうなる」はー。あーぁ俺は今そうなっているのかぁ?あーだってそうならないようにしてるわけじゃねぇもん。すごいそうだもんなぁ。だってそうならないようにしようとしても悩んじゃうもんなぁ。俺今すっげぇそうなってる。やだやだやだやだやだぁ。こんな時の書かれる逆になりたくない。今そうなりたくないのに、そうなろうとしている。自分の中からの逆転みやが、あーわかった、最初からそうなろうとすればよかったー、やだやだやだやだ、あーぁ、「そうなる」を受け入れちゃえばラクなのになぁ。別に、そーんなに、嫌いじゃなかったから、そうなる、「そうなる」そーんなに嫌いじゃなかったんだけど、わかんないよ、わかんないけど、なんか、絶対的に「そうなる」は違うな、って感じがした。絶対的に「そうなる」は違うなって感じがした。この瞬間、絶対的に「そうなる」が違うって感じてるのに、そうなっちゃ、生きていけ、ねぇわ。…なぁ?うぉい。そうだろ?なぁ。…俺、この前、カントリーマアム食ったんだぜ。なぁ。凄いだろ。カントリーマアム、食ったんだぜ。で、ココアもバニラも、ある。ある、な。どっち食ったっていい。で、俺はココアもバニラも、幸か不幸か、どっちも好き。じゃあ、選べばいいじゃないか。だから、どうしようか?この瞬間感じた絶対的なそれ、でやるしかないじゃないか。それで、この瞬間、感じた絶対的な俺が選んだそれは、バニラだった。そうやって俺は、きのこの山/たけのこの里、ココア/バニラ、選んできたんだ。そうやって選択してきたんだ。で、その選択を源泉たる、この瞬間絶対的なそれ、が、そうなるを否定したんだから、そう思っちゃったんだから、そうなるを否定するしかない。少なからず、今この瞬間はね。この瞬間が過ぎれば、俺はそうなるを受け入れるのかもしれない。でも、その瞬間が、訪れるまで、時間稼ぎのために、そうなるのを、こう、回避し続けているというわけでもない。今、この瞬間は、少なからず、絶対的にそうならないようにしている。どうなっているんだ?この間合いはそうなっているのか?あーヤバイヤバイヤバイ。「こうなる」が襲ってくるぞ。「こうなる」が、おそってくるぞ。これは、避けてんのか?これは避けてんのか?お前、これ、これもそうなってるのか?これも、これもそうなってるのか?どの俺がそうなってるんだ?この、俺が、そうなってるのか?そうなってるのかーい。へぇーい。そうなってるのかい?っそうなってるのかーい?そうなってるのかい?そうなってる俺が、そうなのかい?そうじゃないのかーい。どうだい、アレを見てくれよ。そうじゃない俺を見てくれよ。そうなってる俺なら見ないでくれ。そうじゃない俺なら見てくれ。そうなってるのかい?そうじゃないのかい?そうなってるのを見てくれよ。そうじゃない俺を見てくれよ。いや、そうなってる俺だけ見てくれ。そうじゃない俺らを見てくれよ。どっちなんだい?そうなってるのかい?そうじゃないのかい?そうじゃないのかい?そうなってるのかい?そうじゃないのかい?そうなってる…どっちの俺かい?どっちの俺だい?そうなってるのかい?時がたてば、ああではなくて、そうなる。何故なら人は、いずれ死んでしまう、から、だ!絶対なんて絶対ない。それもまた絶対。だとするんであれば、死んだ人間だって存在してる。絶対なんて絶対ない。それもまた絶対とするなら、死なない人間だって存在している。仮に、俺が死んだとて、それは、人間は絶対死ぬ、そうなるから、死んだのではない。死なない人間も存在する、死んでいる人間も存在する。そん中で、なかんずく、どうなったのか？の中で、結果的に、死んだだけだ。人は、絶対死ぬ。そうなるのではない。結果的に死んだとして。それはそうなっているわけではない。…よく見てくれ、この俺を。俺は普通の人間。一言で言えば、神だ。

(20:02)

水のおわり、話のおわり

（20:14）お別れの時が近づいてきたね。この水を飲み終えたら、この公演、おわろう。や、そういうの意味ができちゃうから、この水の、おわり、とは関係ないところで、おわろうかな。この水がなくなることと、この公演が終わることは、関係ありません、関係ありません、関係ありません、関係あります、つづきます（20:38）

そうだ！茨木！

（20:42）やぁー、ちょっともぉー、今日もぉ、茨木行きたいっしょぉー、ねぇ、ある意味ねぇ、な、ほんと、そっちっしょぉ、茨木だから、もぉなんだ、そうだ京都へ行こう、あ、わかるわかる、マツコ沖縄、わかるわかる、そうだ！茨木！、いや、ないっしょ、ないっしょ、そうだ、そうだ！茨木！、これ、ないっしょ、ってことは、それに気付いた今行かなきゃ、いけない。茨木に行くチャンスはいつだってラストチャンス。茨木に行こうって発想が浮かんだ瞬間に行かなきゃ、もぉ絶対に行かない、茨木には。だから今俺は追い込まれている。今がラストチャンスだから。どうする？もう9時が近づいてるぜ。終電があったかなぁ？今すぐ行かなきゃ。あーどーしよー、ヤバイ、この公演に行くよりどうやったら茨木に行くかの方がわかんない。だって今がラストチャンスだからね。この公演は何回も続ける気だからね。だから茨木に行くラストチャンスとこの公演、どっちが価値があるんだい？このいつまでも続く公演と、茨木に行くラストチャンス、どっちが価値があるんだい？そうだ、茨木へ行こう、なんて思うことはないだろう。茨木に行こうなんていう発想が生まれた瞬間、それがラストチャンス。しかし、ここに光明の光が一つ。…ラストチャンスってのはそんなに価値があるもんなのかい？…ラストチャンスってのはそんなに価値があるもんなのかい？「オリンピックのラストチャンス…**32**歳ですし」、それは価値がありそう。でもそれはラストチャンスじゃないよね。オリンピックじゃない。じゃあ例えばさ、ゲンゴロウを発見したというのは？そのことをツイッターにつぶやかない、ラストチャンス。…あ、価値ありそう。ゲンゴロウー、をー、発見するー、こともあんまないしね。で、ゲンゴロウを発見したってなんか、ツイッターでつぶやきそう今、ってつぶやいちゃった今。だから相当、あ、ヤバイヤバイ、ラストチャンス、けっこう、あ、強い強い、ラストチャンス強い、あ、けっこう価値あんな、ラストチャンス。え？ちょっと待ってちょっと待って。え？え？ちょっと待って。ガムを吐き出すチャンス、あぁもうダメ、ね。も、もう説明しちゃってるから。公演中の飲食はおひ…あーもう説明しちゃってるから。もう、今説…あーも。ラストチャンスちょっと強いな、どーしよどーしよどーしよ。ヤバイヤバイヤバイ。こんなこと茨木行かなきゃいけなくなっちゃうから。ヤバイヤバイヤダヤダヤダ行きたくない行きたくない茨木行きたくない行きたくない。ラストチャンス、ラストチャンス、やだ、ラストチャンス、ラストチャンス、茨木茨木茨木、ラストチャンス、ラストチャンスは確かじゃないけど保証にはなれん。…甲子園行くか…あ、違う違う、甲子園行きのラストチャンスはもう強い強い強い、ダメダメダメ、もぅダメダメダメ…よ、弱いヤツ、弱いヤツなんかないかなぁ、弱いラストチャンス、弱いラストチャンス、えー、どぉーしよーなー、ラスト、ラストチャンス、どーしよーかなー、…え?ちょこにはー…ラストチャンス、が、いくら強い、とて、ラストチャンス、を、利用して、茨木には行きたくはありません。何故なら、僕は、純粋に、茨木に行きたいから。純粋に、茨木に行きたいから。僕は茨木に、純粋に好きになりたい。純粋に戦争が好きなようにね。

(23:55)

しりとり

（24:01）はやぶさ…さめ…めだか…かもめ…目黒行きの電車…社会科の先生の体臭…うるさい鬼ばばが見せるやさしさ…叫んでも無駄という絶望的な状況…胡散臭さに有名な奴の方が誠実だという怪情報…胡散臭さを見せる奴の方が誠実だという怪情報、を口説き文句に使う胡散臭い男…殺し屋…やめられません勝つまでは…ハナタラシ…司馬遼太郎…牛…司馬遼太郎…運動会の表彰で、もらった冊子…司馬遼太郎…羨ましくないすごろく大会優勝という受賞歴を誇らない立派な須藤、う、う、須藤、う、須藤、わ、須藤ー、須藤ー、の好きな力士…司馬遼太郎…嬉し・楽し…司馬遼太郎…うさぎと一緒にギリシャに行った思い出が、私の、胸に、立ち込めて、いき、私は、いつの間にか、何だか、くすり、右の薬指、だけが、徐々に黄緑に、なっていくのを、感じ

ていて
（録画状況によりラスト一分残らず）

橘上

NO TEXT

初出：「現代詩手帖」
2018年11月号

皆さんコンバンワ！　橘上です。え？　知らない？　あ、そう。じゃ知らないなら知らないでいーよ。だって橘上なんていないかも知んないんだからさ。何ならあなたもいないかもしれない。重要なのはいまこの言葉を読んでるってこと。ここに言葉があるとかあなたがいるとかもどうでもいい。とにかく読んでる。それでいい。いいとか悪いとかもどーでもいい。どーでもいいとかも、どーでもいいわ。どーでもいいからどうにでもするわ。

僕は「**NO TEXT**」という「本を持たない朗読会」をやっている。最近では「戯曲のない演劇」だなんて言い方もしてる。演劇なの？　朗読なの？　いいんだよ、そんなことはどうでも。どうでもいいけど説明はほしい？　んじゃ、どっかで書いた**NO TEXT**を説明した文章を引用します。

NO TEXTは即興で行われる、本を持たない朗読会であり、戯曲のない演劇である。本人も何を話すかわからない。話すことは、その場で生まれた全くあたらしいこともあれば、かつてどこかで話したことや記憶の奥底で眠ってることかもしれない。今生まれた言葉とかつての記憶が結びつくこともある。以前話したことが全く別の話になっていることもある。こんなこと話そうかなって思いながらも結局話さなかったこともある。アドリブもインプロも区別なく行う。

全く新しい話も、かつて話した古い話も、ここで話すと、古いと新しいが結びつき、現在の話として発される。いつだって今が一番新しいのだ。

それらの言葉はバラバラのものであるがバラバラのまま影響しあっている。これらの言葉は一人の男から発せられているからだ。一人の男から発された言葉が、男の体に影響を与え、影響を受けた男の体は発する言葉の質も変わってしまう。言葉と言葉が一人の男の体を通して影響しあう。言葉と体は影響しあう。男は話す。知らないことをさも知っているかのように。知っていることもさも知らないかのように。これはわかるとわからないを行き来する冒険だ。

あっ簡潔にまとまってしまった。もう書くことがないじゃないか。簡潔な文章は時に暴力的だよね。ほかの言葉が付け入るスキを与えない。しかしこっからが橋上の、なんなら自由と名の付くすべてのものの本領発揮だ。いつだって言っても言わなくてもいいことに居場所を与えるために僕は書いてるんだからさ。その方がいいだろ？　だってどうでもいいヤツに居場所与えとけば、もし自分の存在がどうでもいいってなった時に、生きやすいだろ？　ってか物事を必要とか不必要とかに分けるのは嫌いだね。とは言え必要とされなきゃこの原稿は載らない。どんなに必要を嫌っても必要は俺に迫る。全ての必要は必要悪さ。

必要とかリアルとか普通とかってよく言うけど、普通じゃないやつって誰よ？　「普通っぽいヤツ」だけ描けば普通が描けるわけじゃないよ。松野明美だってフレーブニコフだって照実田晃禪だって奴らの普通を生きてるよ。

変なヤツだと思ったら結構普通のヤツだった。普通のヤツだと思ったら変なことをされた。普通のヤツが案の定普通のことしてる。それら全てを、今のこととして等価に生きなきゃ普通なんて見えてこない。どんなことだって起こり得る。起こったことは全て普通のこと。起こることの現場は今。いつだって普通は「普通の終り」からしか始まらない。僕は「普通の終り」から普通を始めてる。普通のことも普通じゃないことも、「普通に」今では起こってる。これを僕は「フラット・オーバー」と呼ぶことにする。

NO TEXTでは、必要なものも不必要なものも並列に並べ、その上で言葉を発している。じゃあ何がその言葉を決める？　今が決める。今ってのは、通り過ぎて初めて分かるもの。「あ、あれが今だったんだ」、と。だれも今を、今この瞬間認知できない。認知した瞬間に別の何かが今になってる。今は、過去と未来の共犯であり、時間と空間の、舞台上では、自分と観客の共犯だ。どれかが変われば言葉の質も変わる。どんな言葉も言ってしまえば普通になる。言葉につまる。体を動かす。体の動きが言葉の扉をこじ開ける。僕が僕を追い抜いていく。追い抜かれた僕が影になり、追い抜いた僕が僕になる。僕の中に何人僕はいるんだろう？　僕の外に何人僕はいるんだろう？　僕の知らない詩の書き方を身体の動きが知っている。動くからだと言葉を発する口、記述する手どれも全部僕なのに、びっくりするほどバラバラだ。こんなにいろんな存在が、バラバラのまま、同時に存在している。僕は一人だけど、複数の、何かがつまってる。新しい詩を書きたければ知らない自分を見つければいい。未知の動きが未知の言葉を引き出して、僕は僕のまま、知らない人になっていく。複数の「知らない」が響き合い、それが一つの詩になっていく。

NO TEXTは練習はしない。これはポリシーではない。それがNO TEXTの唯一の方法なのだ。その説明のために、詩情あふれる舞台をこしらえると評判のモメラスの主宰・松村翔子さんのNO TEXTへのコメントを引用します。

　　彼は恐ろしい人だ。思考と発語をほぼ同時に行うことができる。考えた瞬間に言葉が口から出てくる。（中略）彼の脳みその中で生まれたイメージが素手で引っこ抜かれ、言葉としてぶん投げられていく様子は、暴力的なのになぜか繊細で実にスリリングだ。（以下略）

思考と発語をほぼ同時に行うこと。これが**NO TEXT**と演劇の決定的な違いだ。「シイタケ」という言葉が浮かんですぐに「シイタケ」と発語する。その時体は、腰が曲がろうが足をくんでいようが必然性を持った体になる。何かの再現のための体じゃない。起こったことは全て本番。舞台と日常を区別しない。いつでも僕は本番だ。どこにだって、詩は、今は、起こっている。今に対して何かの言葉で、動きで応えている。俺に稽古場は必要ないぜ。じゃあなんで舞台でやるの？　それは見ている方の問題かもよ。一人の人間の言葉や動きを**60**分見つめることなどないだろ？　詩が絶えず起こってるって意識することはないだろ？　だから舞台で掲示するのさ。俺は**60**分で次々変わる。見ている人も変わっていく。ジョン・ケージの「**4**分**33**秒」みたいなモンかもね。**4**分**33**秒聞いたことないけど。

で、この**NO TEXT**を基に、橘上と山田亮太が詩集、松村翔子が戯曲と、それぞれオリジナル作品を書き下ろしたのが『**TEXT BY NO TEXT**』だ。

書かれた詩というのは、完成品という意味では死んでいる。しかしその中には、詩行の動きという生が含まれている。声に出して読めば違う形に生まれ変わる。一つの詩の中に複数の生と死が内包されているのだ。自分の中に複数の自分がいるように。それとは順序が逆だが、舞台で完結したものは同時に次の作品を生む契機になる。完成が完成を生む。これは完成することがない。今が一つの完成ナンデス。未完として完成せよ。いや、蜜柑として完成せよ。

NO TEXT アーカイブ動画

プロジェクト『TEXT BY NO TEXT』の発端・基礎となり、
本書『NO TEXT Dub』をテキスト化する上での元データにもなった
橘上によるパフォーマンス全３回のアーカイブ動画を
各QRコードからご覧いただけます。

※今回収録していない「NO TEXT#1」の公演情報は以下の通りです。
2018/3/16（金）20:00〜22:00（19:30開場）
会場：北千住BUoY（東京都足立区千住仲町49-11）
アフタートークゲスト：カゲヤマ気象台（円盤に乗る派）
※収録環境の問題で、一部聞き取りづらい箇所がございます。ご了承ください。
※本動画のリンクを無許可で第三者に共有することを固くお断りいたします。
※本動画を無許可でダウンロードし、ネットワーク等を通じて
送信できる状態にすることを禁じます。
※不明点などがある場合、reneweddistances@gmail.comまでお問い合わせください。

NO TEXT#2

2018/07/27

2018/7/27（金）20:00〜21:30（19:30開場）
会場：北千住BUoY（東京都足立区千住仲町49-11）
アフタートークゲスト：吉田恭大（歌人・舞台制作者）

https://youtu.be/UezHWv2wBwg

NO TEXT#3

2018/09/22

9/22(土)20:00～21:30(19:30開場)

会場:北千住BUoY(東京都足立区千住仲町49-11)

アフタートークゲスト:松村翔子(モメラス)

https://youtube.com/playlist?list=PLrqM_COyp6j3chCUoAtyBGnXuCfUtBZJe

NO TEXT#4

2018/09/23

9/23(日)20:00～21:30(19:30開場)

会場:北千住BUoY(東京都足立区千住仲町49-11)

アフタートークゲスト:山田亮太(TOLTA)

https://youtube.com/playlist?list=PLrqM_COyp6j1t-i_3F17CUVb_qGz2kPhj

※録画状況の問題で、パフォーマンスの最後の1分のほか、
アフタートーク全体が収録されていません。

橘上（たちばな・じょう）

詩集『複雑骨折』（2007・思潮社）、『YES（or YES）』（2011・思潮社）、『うみのはなし』（2016・私家版）。

バンド「うるせぇよ。」ヴォーカル。向坂くじら・永澤康太との詩のパフォーマンスユニット「Fushigi N°5」でも活動。

2013年第55回ヴェネツィアビエンナーレ日本館（代表作家・田中功起）によるプロジェクト「a poem written by 5 poets at once」に参加。

同年、スロヴェニアの詩祭「詩とワインの日々」に日本人として唯一参加。

以降、「LITFEST」（2014・スウェーデン）「SLAMons＆Friend」（2015・ベルギー）「Brussels Poetry Fest」（2016・ベルギー）等、海外でのリーディングを重ねる。

2016年より本を持たない朗読会／即興演劇「NO TEXT」を始める。

NO TEXT DUB 上

TEXT BY NO TEXT 4

橘

いぬのせなか座叢書5−4

発行日：2023年1月31日　発行：いぬのせなか座

http://inunosenakaza.com

renewedddistances@gmail.com

[redacted]

装釘・本文レイアウト：山本浩貴＋h（いぬのせなか座）

印刷・製本：シナノ印刷株式会社